# 闻一多诗文集

WEN YIDUO SHIWENJI

闻一多 / 著译

北方联合出版传媒（集团）股份有限公司

万卷出版公司

**图书在版编目（CIP）数据**

闻一多诗文集 / 闻一多著译. — 沈阳：万卷出版公司，2014.9（2022.1 重印）
（典藏 / 吴昊主编）
ISBN 978-7-5470-3089-9

Ⅰ. ①闻… Ⅱ. ①闻… Ⅲ. ①闻一多（1899 ~ 1946）-选集 Ⅳ. ① I216.2

中国版本图书馆 CIP 数据核字（2014）第 153372 号

出版发行：北方联合出版传媒（集团）股份有限公司
万卷出版公司
（地址：沈阳市和平区十一纬路25号 邮编：110003）
印 刷 者：北京一鑫印务有限责任公司
经 销 者：全国新华书店
幅面尺寸：178mm × 254mm
字　　数：340千字
印　　张：19
出版时间：2014年9月第1次出版
印刷时间：2022年1月第2次印刷
责任编辑：赵新楠
封面设计：任展志
版式设计：鄂姿羽
责任校对：高　辉
ISBN 978-7-5470-3089-9
定　　价：68.00元

联系电话：024-23284090
邮购热线：024-23284050
传　　真：024-23284521

# 经典之藏，心灵之旅

读书是一件辛苦的事，读书又是一件愉悦的事。读书是求知的理性选择，同时，读书又是人们内在自发的精神需求。不同的读书者总会有不同的读书体验，但对经典之藏，对精品之选的渴求却永远存在。

传统上，读书是求学的手段，千百年来，人类知识的传承，最重要的总是通过书籍的记载与传述。因为有了书，人类才可以文脉延续，薪火相传。西哲说：书籍是人类进步的阶梯，因而，先贤们都把读书当作高尚而庄重的事情，赋予读书神圣、光荣的使命感。故此，韦编三绝、悬梁刺股，以及凿壁、囊萤、映雪等等，就成了刻苦求学的典型，千百年来成为人们效法的楷模。于是，寒门学子挑灯夜读，富家子弟潜心求学，或诚心拜师，或自学成才，诸如此类的事例，就成了激励学子上进求学的传说故事而广泛流传。

书籍除了自身寓含的教化功能外，还能让人感到身心的愉悦和快乐。在文化生活极度匮乏的年代，人们极力去寻找各种承载文明的载体，来填塞文化需求的饥渴。一本残破小书，可以在上百人的手中传递和阅读，看完后仍意犹未尽，不忍释卷。彼时，人们读书如饥似渴，却并无黄金屋、颜如玉一类的功利目的，有的只是内心的精神需求，读书的愉悦与快乐正在于此。仲春季节，读书间隙，推窗而立，鸟语花香扑面而来，内心深处则有禾苗拔节的哔剥之声回响；炎炎夏日，一卷在手，品茗读书，摇扇驱蚊，自然能感受到心灵的清凉和愉悦；秋风瑟瑟，听窗外传来淅淅沥沥的雨声，嘬一口酽茶，想起“风声雨声读书声”的名联，便会发出会心的微笑；数九严冬，寒意砭骨，围炉夜读或雪夜捧卷，书香入腹，情暖人心，又能体验到视通万里、思接千载的悠悠遐思。

无论是求学求知还是寻求精神上的愉悦，读书都是我们的一种心灵之旅，是接受自我内心的召唤和灵魂的导引上路，让自己再次起飞得到新生的力量。变换的风景，奇异的遭遇，萍逢的客人，这一切旅途中可能发生的事件，都会在我们读过的书籍中出现，它们强烈地超出了我们已知的范畴，以一种陌生和挑战的姿态，敦促我们警醒，唤起我们好奇。在我们被琐碎磨损的生命里，张扬起绿色的旗帜；在我们刻板疲惫的生活中，注入新鲜的活力。

正因为读书之益，读书之趣，我们才对书籍本身挑剔起来。试想，灵魂之伴侣如何可以等闲视之呢？一本书的好坏，总会有无数人来品评，既有芸芸众者即兴点评，又有专家学者细心解析，然而，书籍最终的裁定者是历史而不是某一种潮流。随着时光的淘汰，留下来的经典之作渐渐走进更多人的视野，留在人们的案头，成为经典之藏。

“典藏”之作正如伴随我们的益友，多闻、博大、精彩而有趣，这样的益友，需要人们用心地品读，细心地筛选，最终把最好的“朋友”留在自己的身边。我们的“典藏”正是帮助读者挑“益友”的一种尝试，希望能把经典的、有价值的或者有趣的书籍放在读者的案头，让它们像朋友一样陪伴每一位读者走上自己的心灵之旅。

当我们打开书本，走进属于自己的心灵世界，自然能够体验那种君临一切的奇特感觉。此时心如止水，宁静安然，恰如室外无言的星月，美文佳句不期而至时，或击案称绝，或吟哦出声，甘之如饴。愿这“典藏”之作能给我们的心灵留下一块绿荫，助大家在自己的漫漫行旅中搭起一座可供休憩的风雨亭，对抗庞大、芜杂、纷繁的外界侵扰。

## 闻一多诗文集

诗人，学者，中国现代伟大的爱国主义者，坚定的民主战士，中国民主同盟早期领导人，在闻一多先生的名字下面，点缀着这一连串耀眼闪烁的称谓，而这些称谓又高度凝聚了他激烈而短暂的一生。

闻一多本名闻家骅，字友三，清光绪二十五年十月二十二日（即 1899 年 11 月 24 日）生于湖北黄冈浠水下巴河镇的一个书香门第，自幼爱好古典诗词和美术，而这也使得他日后在中国现代文艺美学领域取得了斐然的成就。

作为诗人，闻一多所处的时代介于旧体诗向新体诗过渡的阶段，特别是在“五四”以后，以白话文为代表的新文学逐渐成为主旋律。当时的闻一多也毅然投身于这一伟大运动当中，开始创作发表《西岸》等新诗，并成为“五四”新文艺园中的拓荒者之一。

作为学者，闻一多从任武汉大学教授起就开始致力于中国古代文学研究。他从唐诗开始，继而上溯，由汉魏六朝诗到《楚辞》《诗经》，由《庄子》而《周易》，由古代神话而史前文学，同时对古文字学、音韵学、民俗学也下了惊人的功夫，涉猎之广，研究之深，成果之丰，被郭沫若叹为“不仅前无古人，恐怕还要后无来者”。

作为民主战士、爱国主义者和民盟早期领导人，闻一多还积极投身革命事业。随着全国抗战爆发，闻一多随校迁往昆明，任西南联合大学教授。面对严酷的现实，他毅然抛弃文化救亡的幻想，积极投身到抗日救亡和争民主、反独裁的斗争中。

1946 年 7 月 15 日，在云南大学举行的李公朴追悼大会上，闻一多不顾自身安危，慷慨激昂地发表了《最后一次演讲》，痛斥国民党特务。下午，他在主持《民主周刊》社的记者招待会后返家途中，突遭国民党特务伏击，身中十余弹，不幸遇难。

“千古文章未尽才”是闻一多留给后人最大的遗憾，如果他没有被暗杀，不知道还将为现代文化做出多大的贡献。尽管如此，闻一多在中国现代文艺美学领域里仍留下许多具有开创性的诗歌及独到的文学研究成果，在阅读和研究其作品时，我们可以感受到一个诗人、学者、战士带给我们心灵的震撼。

需要注意的是，由于闻一多所处的时代是新文学运动初期，因此当时的文人创作文学作品运用的一些语言在今天看来略显蹩脚。通读闻一多的诗文作品，常能见到“象”代替“像”、“底”代替“的”等与现在用词有出入的地方以及一些文言与白话混用情况。对于可能产生歧义的内容，编者按照现代人的语法和阅读习惯，在不改变原著整体的前提下进行了微调和修改，同时仍保留了一些能够体现当时特点的细节。希望这些调整不会影响到读者拜读名家名作时的心境。

# 目　录

## 诗歌

## 文艺评论

## 散文杂文

闻一多诗文选集

# 诗 歌

1920年9月，年仅20岁的闻一多发表自己第一首新诗《西岸》，开始了他作为早期新月派代表诗人的创作生涯。20多年来，闻一多创作了大量的新诗作品，其代表作（诗集）有《红烛》《死水》等。

闻一多早期诗歌多属自由体，后期诗歌形式整齐。他较早提出新诗的格律问题。他的新诗具音乐美，讲究音尺、平仄和押韵，重视音尺的节奏和旋律的美，押韵方式丰富多彩；具绘画美，形象丰富，色彩秾丽；具建筑美，重视节的对称和句的均齐，主张诗节匀称和诗句整齐。

闻一多先生的诗歌特色与他生命的思索变化有着紧密的联系。他对生命的理解具有“自由”和“节制”的双重性，当生命的表现向非理性倾斜和心灵贴近的时候，他的诗学接近于浪漫主义与现代主义；当生命的表现向理性倾斜和现实贴近时，他的诗学开始转向了古典主义和现实主义。从注重幻象到追求生活的真实意义，从反对社会问题等对艺术的干涉到强调诗是社会的产物，从追求纯诗到标榜大众化，他的诗学思想的变化和发展，其内在矛盾只是其生命哲学中的自由本性和节制意志在不同时期的不同形式的呈现。

闻一多的诗学体现着文化与审美双重现代性的诗性交融。闻一多诗学中的“文化”是一种整体文化，是主导倾向鲜明而又多维、多侧面展开的文化思维，是铸入人格精神、回归诗意本真状态的文化思维；“审美”是回到文化、文论原初语境。

闻一多的新诗具有强烈民族意识，流露出浓厚的爱国感情，从超现实而充满浪漫气息的生活中，转到满腔热血，全部奉献给他所忠于的事业。朱自清曾称他是“诗歌爱国主义诗人，而且几乎可以说是唯一的爱国诗人”。在新月派作家中，只有闻一多才显出强烈而迫切的爱国精神和正义感。

闻一多新诗善于创造比喻，想象力丰富，善用拟人法，强调暗示，意在言外，善于使用典故，增强了诗的繁富，语言精练，精于炼字，善于自铸新词，并在实践中作可贵尝试。他的诗歌依西洋格律而创作，但是气势雄浑豪迈，而且善用北方口语。

闻一多的诗学体现着20世纪初期西方形式美学、艺术人学、历史诗学三大转向的特征，因而他在中国诗学现代化过程中居于先驱地位。在创建格律体时，闻一多提出并倡导了具体的“三美”主张，即“诗的实力不独包括着音乐的美，绘画的美，并且还有建筑的美”。这是传统诗歌理论在美学方向上的发展。

除了新诗外，闻一多先生还写过许多旧体诗，本书也从中选取几首他的旧体诗作供广大读者欣赏。

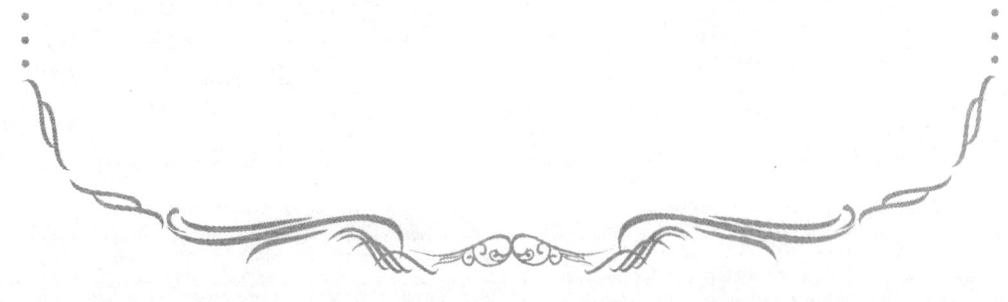

# 红　烛

"蜡炬成灰泪始干"

——李商隐

红烛啊！
这样红的烛！
诗人啊！
吐出你的心来比比，
可是一般颜色？

红烛啊！
是谁制的蜡——给你躯体？
是谁点的火——点着灵魂？
为何更须烧蜡成灰，
然后才放光出？
一误再误；
矛盾！冲突！

红烛啊！
不误，不误！
原是要"烧"出你的光束——
这正是自然的方法

红烛啊！
既制了，便烧着！
烧罢！烧罢！
烧破世人的梦，
烧沸世人的血——
也救出他们的灵魂，
也捣破他们的监狱！

红烛啊！
你心火发光之期，
正是泪流开始之日。

红烛啊！
匠人造了你，
原是为烧的。
既已烧着，
又何苦伤心流泪？
哦！我知道了！
是残风来侵你的光芒，
你烧得不稳时，
才着急得流泪！

红烛啊！
流罢！你怎能不流呢？
请将你的脂膏，
不息地流向人间，
培出慰藉的花儿，
结成快乐的果子！

红烛啊！
你流一滴泪，灰一分心。
灰心流泪你的果，
创造光明你的因。

红烛啊
“莫问收获，但问耕耘。”

本诗原载于1923年9月出版的《红烛》。[①]

---

①这首《红烛》是闻一多诗集《红烛》的开卷“序诗”。

# 李白之死

世俗流传太白以捉月骑鲸而终，本属荒诞。此诗所述亦凭臆造，无非欲借以描画诗人的人格罢了。读者不要当作历史看就对了。

“我本楚狂人，
凤歌笑孔丘。”
——李白

一对龙烛已烧得只剩光杆两枝，
却又借回已流出的浓泪的余脂，
牵延着欲断不断的弥留的残火，
在夜的喘息里无效地抖擞振作。
杯盘狼藉在案上，酒坛睡倒在地下，
醉客散了，如同散阵投巢的乌鸦；
只那醉得最很，醉得如泥的李青莲
（全身的骨架如同脱了榫的一般）
还歪倒倒的在花园的椅上堆着，
口里喃喃地，不知到底说些什么。

声音听不见了，嘴唇还喋着不止；
忽地那络着密密红丝网的眼珠子，
（他自身也便像一个微小的醉汉）

对着那怯懦的烛焰瞪了半天：
仿佛一只饿师，发见了一个小兽，
一声不响，两眼睁睁地望他尽瞅；
然后轻轻地缓缓地举起前脚，
便迅雷不及掩耳，忽地往前扑着——
像这样，桌上两对角摆着的烛架，
都被这个醉汉拉倒在地下。

“哼哼！就是你，你这可恶的作怪，”
他从咬紧的齿缝里泌出声音来，
“碍着我的月儿不能露面哪！
月儿啊！你如今应该从出来了罢！
哈哈！我已经替你除了障碍，
骄傲的月儿，你怎么还不出来？
你是瞧不起我吗？啊，不错！
你是天上广寒宫里的仙娥，
我呢？不过那戏弄黄土的女娲
散到六合里来的一颗尘沙！①
啊！不是！谁不知我是太白之精？
我母亲没有在梦里会过长庚？②
月儿，我们星月原是同族的，
我说我们本来是很面熟呢！”
在说话时，他没留心那黑树梢头
渐渐有一层薄光将天幕烘透，
几朵铅灰云彩一层层都被烘黄，
忽地有一个琥珀盘轻轻浮上，
（却又像没动似的）他越浮得高，
越缩越下；颜色越褪淡了，直到

①“女娲戏黄土，团作愚下人，散在六合间，濛濛如沙尘。”——《上云乐》
②“惊姜之夕，长庚入梦，故生而名白，以太白字之。”——《草堂集序》

后来，竟变成银子样的白的亮——
于是全世界都浴着伊的晶光。
簇簇的花影也次第分明起来，
悄悄爬到人脚下偎着，总躲不开——
像个小狮子狗儿睡醒了摇摇耳朵，
又移到主人身边懒洋洋地睡着。
诗人自身的影子，细长得可怕的一条，
竟拖到五步外的栏杆上坐起来了。
从叶缝里筛过来的银光跳荡，
啮着环子的兽面蠢似一朵缩菌，
也鼓着嘴儿笑了，但总笑不出声音。
桌上一切的器皿，接受复又反射
那闲灼的光芒，又好像日下的盔甲。

这段时间中，他通身的知觉都已死去，
那被酒催迫了的呼吸几乎也要停驻；
两眼只是对着碧空悬着的玉盘，
对着他尽看，看了又看，总看不倦。
“啊！美呀！”他叹道，“清寥的美！莹澈的美！
宇宙为你而存吗？你为宇宙而在？
哎呀！怎么总是可望而不可即！
月儿呀月儿！难道我不应该爱你？
难道我们永远便是这样隔着？
月儿，你又总爱涎着脸皮跟着我；
等我被你媚狂了，要拿你下来，
却总攀你不到。唉！这样狠又这样乖！

月啊！你怎同天帝一样地残忍！
我要白日照我这至诚的丹心，
狰狞的怒雷又砰訇地吼我；

我在落雁峰前几次朝拜帝座，[①]
额撞裂了，嗓叫破了，阊阖还不开。
吾爱啊！帝旁擎着雉扇的吾爱！
你可能问帝，我究犯了那条天律？
把我谪了下来，还不召我回去？[②]
帝啊！帝啊！我这罪过将永不能赎？
帝呀！我将无期地囚在这痛苦之窟？"
又圆又大的热泪滚向膨胀的胸前，
却有水银一般地沉重与灿烂；
又像是刚同黑云碰碎了的明月
溅下来点点的残屑，眩目的残屑。

"帝啊！既遣我来，就莫生他们！"他又讲，
"他们，那般妖媚的狐狸，猜狠的豺狼！
我无心作我的诗，谁想着骂人呢？
他们小人总要忍心地吹毛求疵，
说那是讥诮伊的。哈哈！这真是笑话！
他是个什么人？他是个将军吗？
将军不见得就不该替我脱靴子。
唉！但是我为什么要作那样好的诗？
这岂不自作的孽，自招的罪？……[③]
哪里？我哪里配得上谈诗？不配，不配；
谢玄晖才是千古的大诗人呢！——
那吟'余霞散成绮，澄江净如练'的
谢将军，诗既作的那么好——真好！——

①李白登华山落雁峰曰："此山最高，呼吸之气想通天帝座矣。恨不携谢朓惊人诗来搔首问青天耳！"——《云仙杂记》

②贺知章称白为"谪仙人"。

③高力士因给李白脱靴的事而记恨李白。玄宗经常和杨贵妃在沈香亭赏花，诏李白谱写乐章；李白作《清平调》进献给玄宗，力士借机向杨贵妃进谗言责备李白。自此每次玄宗想要重用李白，杨贵妃就出来阻挠。——见《唐书》本传。

但是哪里像我这样地坎坷潦倒？”[1]
然后，撑起胸膛，他长长地叹了一声。
只自身的影子点点头，再没别的同情？
这叹声，便似乎远的沙汀上一声鸟语，
叫不应回音，只悠悠地独自沉没，
终于无可奈何，被宽嘴的寂静吞了。

“啊‘澄江净如练’，这种妙处谁能解道？
记得那回东巡浮江的一个春天——[2]
两岸旌旗引着腾龙飞虎回绕碧山——
果然如是，果然是白练满江……
唔？又讲起他的事了？冤枉啊！冤枉！
夜郎有的是酒，有的是月，我岂怨嫌？[3]
但不记得那天夜半，我被捉上楼船！[4]
我企望谈谈笑笑，学着仲连安石们，
替他们解决些纷纠，扫却了胡尘。[5]
哈哈！谁又知道他竟起了野心呢？
哦，我竟被人卖了！但一半也怪我自己？”

这样他便将那成灰的心渐渐扇着，
到的又得痛饮一顿，浇熄了愁的火，
谁知道这愁竟像田单的火牛一般：
热油淋着，狂风煽着，越奔火越燃，
毕竟虽烧焦了骨肉，牺牲了生命，

---

①李白生平最服膺谢朓，诗中屡次称道。有句云：“解道‘澄江净如练’，令人长忆谢玄晖。”

②李白曾经跟随永王李璘，有永王冬巡歌十一首。

③李白因牵扯永王作乱一案而被流放到夜郎。

④出自“半夜水军来，……迫胁上楼船。”——《赠江夏太守》

⑤出自“但用东山谢安石，为君谈笑静胡沙。”——《永王冬巡歌》“所冀旄头灭，功成追鲁连。”——《在水军宴赠幕府诸侍御》

那束刃的采帛却焕成五色的龙文：
如同这样，李白那煎心烙肺的愁焰，
也便烧得他那幻象的轮子急转，
转出了满牙齿上攒着的“丽藻春葩”。
于是他又讲，“月儿！若不是你和他，”
手指着酒壶，“若不是你们的爱护，
我这生活可不还要百倍地痛苦?
啊！可爱的酒！自然赐给伊的骄子——
诗人的恩俸！啊，神奇的射愁的弓矢！
开启琼宫的管钥！琼宫开了：
那里有鸣泉漱石，玲鳞怪羽，仙花逸条；
又有琼瑶的轩馆同金碧的台榭；
还有吹不满旗的灵风推着云车，
满载霓裳缥缈，彩佩玲珑的仙娥，
给人们颂送着驰魂宕魄的天乐。
啊！是一个绮丽的蓬莱的世界，
被一层银色的梦轻轻地锁着在！”

“啊！月呀！可望而不可即的明月！
当我看你看得正出神的时节，
我只觉得你那不可思议的美艳，
已经把我全身溶化成水质一团，
然后你那提挈海潮的全副的神力，
把我也吸起，浮向开遍水钻花的
碧玉的草场上；这时我肩上忽展开
一双翅膀，越张越大，在空中徘徊，
如同一只大鹏浮游于八极之表。[1]

---

①出自“余昔于江陵，见天台司马子微，谓余有仙风道骨，可与神游八极之表。因著《大鹏遇希有鸟赋》以自广。”——《大鹏赋序》

哦，月儿，我这时不敢正眼看你了！
你那太强烈的光芒刺得我心痛。……
忽地一阵清香搅着我的鼻孔，
我吃了一个寒噤，猛开眼一看，……
哎呀！怎地这样一副美貌的容颜！
丑陋的尘世！你那有过这样的副本？
啊！布置得这样调和，又这般端整，
竟同一阕鸾凤和鸣的乐章一般！
哦，我如何能信任我的这双肉眼？
我不相信宇宙间竟有这样的美！
啊，大胆的我哟，还不自惭形秽，
竟敢现于伊前！——啊！笨愚呀糊涂！——
这时我只觉得头昏眼花，血凝心冱；
我觉得我是污烂的石头一块，
被上界的清道夫抛掷了下来，
掷到一个无垠的黑暗的虚空里，
坠降，坠降，永无着落，永无休止！”

月儿初还在池下丝丝柳影后窥看，
像沐罢的美人在玻璃窗口晾发一般；
于今却已姗姗移步出来，来到了池西；
夜飓的私语不知说破了什么消息，
池波一皱，又惹动了伊娴静的微笑。
沉醉的诗人忽又战巍巍地站起了，
东倒西歪地挨到池边望着那晶波。
他看见这月儿，他不觉惊讶地想着：
如何这里又有一个伊呢？奇怪！奇怪！
难道天有两个月，我有两个爱？
难道刚才伊送我下来时失了脚，
掉在这池里了吗？——这样他正疑着……
他脚底下正当活泼的小涧注入池中，

被一丛刚劲的菖蒲鲠塞了喉咙，
便咯咯地咽着，像喘不出气的呕吐。
他听着吃了一惊，不由得放声大哭：
“哎呀！爱人啊！淹死了，已经叫不出声了！”
他翻身跳下池去了，便向伊一抱，
伊已不见了，他更惊慌地叫着，
却不知道自己也叫不出声了！
他挣扎着向上猛踊，再昂头一望，
又见圆圆的月儿还平安地贴在天上。
他的力已尽了，气已竭了，他要笑，
笑不出了，只想道：“我已救伊上天了！”

本诗曾收入1923年9月出版的诗集《红烛·李白篇》。

# 西　岸[1]

"He has a lusty spring ,when fancy clear
Takes in all beauty within an casy span."
——Keats[2]

这里是一道河，一道大河，
宽无边，深无底；
四季里风姨巡遍世界，
便回到河上来休息；
满天糊着无涯的苦雾，
压着满河无期的死睡。
河岸下酣睡着，河岸上
反起了不断的波澜，
啊！卷走了多少的痛苦！
淘尽了多少的欣欢！
多少心被羞愧才鞭驯，
一转眼被虚荣又煽癫！

①本诗最初发表时未分段，后收入《红烛》时文字有改动。
②这两句引诗为英国著名诗人济慈（John Keats，1798—1821）所写，译为：
"他有一个快活的春季，当明澈的鉴赏力
在安适的瞬息将一切美尽收眼底。"
——济慈

鞭下去，煽起来，
又莫非是金钱的买卖。
黑夜哄着聋瞎的人马，
前潮刷走，后潮又挟回。
没有真，没有美，没有善，
更哪里去找光明来！

但不怕那大泽里，
风波怎样凶，水兽怎样猛，
总难惊破那浅水芦花里
那些山①草的幽梦，——
一样的，有个人也逃脱了
河岸上那纷纠的樊笼。
他见了这宽深的大河，
便私心唤醒了些疑义：
分明是一道河，有东岸，
岂有没个西岸的道理？
啊！这东岸的黑暗恰是那
西岸的光明的影子。
但是满河无期的死睡，
撑着满天无涯的雾幕；
西岸也许有，但是谁看见？
哎……这话也不错。
“恶雾遮不住我，”心讲道，
“见不着，那是目底过！”
有时他忽见浓雾变得
绯样薄，在风翅上荡漾；
雾缝里又筛出些

①疑误，《清华周刊》第191期写作“小”。

丝丝的金光洒在河身上。
看！那里！可不是个大鼋背？
毛发又长得那样长。

不是的！倒是一座小岛，
戴着一头的花草：
看！灿烂的鱼龙都出来
晒甲胄，理须桡；
鸳鸯洗刷完了，喙子
插在翅膀里，睡着觉了。
鸳鸯睡了，百鳞退了——
满河一片凄凉；
太阳也没兴，卷起了金练，
让雾帘重往下放：
恶雾瞪着死水，一切的
于是又同从前一样。
“啊！我懂了，我何曾见着
那美人的容仪？
但猜着蠕动的绣裳下，
定有副美人的肢体。
同一理：见着的是小岛，
猜着的是岸西。”
“一道河中一座岛，河西
一盏灯光被岛遮断了。”①
这语声到处，是有些人

①这两句诗最初在《清华周刊》第 191 期发表时为：

“一道河一座岛，
河西一盏灯，
灯光被岛遮断了，……”
——黄庭坚

鹦哥样，听熟了，也会叫；
但是那多数的人
不笑他发狂，便骂他造谣。

也有人相信他，但还讲道：
“西岸地岂是为东岸人？
若不然，为什么要划开
一道河，这样宽又这样深？”
有人讲：“河太宽，雾正密。
找条陆道过去多么稳！”
还有人明晓得道儿
只这一条，单恨生来错——
难学那些鸟儿飞着渡，
难学那些鱼儿划着过，
却总都怕说得：“搭个桥，
穿过岛，走着过！”为什么？

本诗原载于1920年9月24日《清华周刊》第191期，后收入《红烛·李白篇》。

# 初夏一夜的印象[①]

——1922年5月直奉战争时

夕阳将诗人交付给烦闷的夜了，
叮咛道：“把你的秘密都吐给他了罢！”

紫穹窿下洒着些碎了的珠子——
诗人想：该穿成一串挂在死的胸前。

阴风的冷爪子刚扒过饿柳的枯发，
又将池里的灯影儿扭成几道金蛇。

贴在山腰下佝偻得可怕的老柏，
拿着黑瘦的拳头硬和太空挑衅。

失睡的蛙们此刻应该有些倦意了，
但依旧努力地叫着水国的军歌。

---

①本诗最初在《清华周刊》上刊登时，作者署名一多，后收入《红烛》时文字稍有改动。

个个都吠得这般沉痛，村狗啊！
为什么总骂不破盗贼的胆子？

嚼火漱雾的毒龙在铁梯上爬着，
驮着灰色号衣的战争，吼的要哭了。

铜舌的报更的磬，屡次安慰世界，
请他放心睡去，……世界哪肯信他哦！

上帝啊！眼看着宇宙糟踏到这样，
可也有些寒心吗？仁慈的上帝哟！

本诗原载于1922年5月26日《清华周刊》第249期，后收入《红烛·青春篇》。

# 红荷之魂[①]

**有序**

盆莲饮雨初放，折了几枝，供在案头，又听侄辈读周茂叔的《爱莲说》，便不得不联想及于三千里外《荷花池畔》的诗人。赋此寄呈实秋，兼上景超及其他在西山的诸友。

太华玉井的神裔啊！
不必在污泥里久恋了。
这玉胆瓶里的寒浆有些冽骨吗？
那原是没有堕世的山泉哪！

高贤的文章啊！雏凤的律吕啊！
往古来今竟携了手来谀媚着你。
来罢！听听这蜜甜的赞美诗罢！
抱霞摇玉的仙花呀！
看着你的躯体，
我怎不想到你的灵魂？
灵魂啊！到底又是谁呢？

是千叶宝座上的如来，
还是丈余红瓣中的太乙呢？

①本诗最初在《清华周刊》发表时，作者署名一多，后收入《红烛》时个别文字有改动。

是五老峰前的诗人，
还是洞庭湖畔的骚客呢？

红荷的魂啊！
爱美的诗人啊！
便稍许艳一点儿，
还不失为“君子”。
看那颗颗袒张的荷钱啊！
可敬的——向上的虔诚，
可爱的——圆满的个性。
花魂啊！佑他们充分地发育罢！

花魂啊，
须提防着，
不要让菱芡藻荇的势力
蚕食了泽国的版图。

花魂啊！
要将崎岖的动的烟波，
织成灿烂的静的绣锦。
然后，
高蹈的鸬鹚啊！
热情的鸳鸯啊！
水国烟乡的顾客们啊！……
只欢迎你们来
逍遥着，偃卧着；
因为你们知道了
你们的义务。

本诗原载于1922年9月11日《清华周刊》第250期，后收入《红烛·青春篇》。

# 太阳吟[①]

太阳啊，刺得我心痛的太阳！
又逼走了游子的一出还乡梦，
又加他十二个时辰的九曲回肠！

太阳啊，火一样烧着的太阳！
烘干了小草尖头的露水，
可烘得干游子的冷泪盈眶？

太阳啊，六龙骖驾的太阳！
省得我受这一天天的缓刑，
就把五年当一天跑完那又何妨？

太阳啊——神速的金乌——太阳！
让我骑着你每日绕行地球一周，
也便能天天望见一次家乡！

太阳啊，楼角新升的太阳！
不是刚从我们东方来的吗？
我的家乡此刻可都依然无恙？

太阳啊，我家乡来的太阳！

①本诗在最初发表时，作者署名一多，收入《红烛》时小有改动。

北京城里的官柳裹上一身秋了罢?
唉! 我也憔悴的同深秋一样!

太阳啊，奔波不息的太阳!
你也好像无家可归似的呢。
啊! 你我的身世一样地不堪设想!

太阳啊，自强不息的太阳!
大宇宙许就是你的家乡罢。
可能指示我我的家乡的方向?

太阳啊，这不像我的山川，太阳!
这里的风云另带一般颜色①，
这里鸟儿唱的调子格外凄凉。

太阳啊，生命之火的太阳!
但是谁不知你是球东半的情热，
同时又是②球西半的智光?

太阳啊，也是我家乡的太阳!
此刻我回不了我往日的家乡，
便认你为家乡也还得失相偿。

太阳啊，慈光普照的太阳!
往后我看见你时，就当回家一次;
我的家乡不在地下乃在天上!

本诗原载于1922年11月25日《清华周刊》第260期《文艺增刊》第1期，后收入《红烛·孤雁篇》。

①“一般颜色”在最初发表时写作“一般惨色”。
②“同时又是”在最初发表时写作“谁不知又同时是”。

# 忆　菊

——重阳前一日作

插在长颈的虾青瓷的瓶里，
六方的水晶瓶里的菊花，
攒在紫藤仙姑篮里的菊花；
守着酒壶的菊花，
陪着螯盏的菊花；
未放，将放，半放，盛放的菊花。

镶着金边的绛色的鸡爪菊；
粉红色的碎瓣的绣球菊！
懒慵慵的江西腊哟；
倒挂着一饼蜂窠似的黄心，
仿佛是朵紫的向日葵呢。
长瓣抱心，密瓣平顶的菊花；
柔艳的[1]尖瓣攒蕊的白菊
如同美人的蜷着的手爪，
拳心里攫着一撮儿金粟[2]。

① “柔艳的”在最初发表时写作“可爱的”。
② “一撮儿金粟”在最初发表时写作“一撮小黄米”。

檐前，阶下，篱畔，圃心的菊花：
霭霭的淡烟笼着的菊花，
丝丝的疏雨洗着的菊花，——
金的黄，玉的白，春酿的绿，秋山的紫，……

剪秋萝似的小红菊花儿；
从鹅绒到古铜色的黄菊；
带紫茎的微绿色的“真菊”
是些小小的玉管儿缀成的，
为的是好让小花神儿
夜里偷去当了笙儿吹着。

大似牡丹的菊王到底奢豪些，
他的枣红色的瓣儿，铠甲似的，
张张都装上银白的里子了；
星星似的小菊花蕾儿
还拥着褐色的萼被睡着觉呢。

啊！自然美的总收成啊！
我们祖国之秋的杰作啊！
啊！东方的花，骚人逸士的花呀！
那东方的诗魂陶元亮
不是你的灵魂的化身罢？
那祖国的登高饮酒的重九①
不又是你诞生的吉辰吗？

你不像这里的热欲的蔷薇，
那微贱的紫萝兰更比不上你。

---

①“那祖国的登高饮酒的重九”最初发表时写作“那登高作赋的重九”。

你是有历史，有风俗的花。
啊！四千年华胄的名花呀！
你有高超的历史，你有逸雅的风俗！

啊！诗人的花呀！我想起你，
我的心也开成顷刻之花，
灿烂的如同你的一样；
我想起你同我的家乡，
我们的庄严灿烂的祖国，
我的希望之花又开得同你一样。

习习的秋风啊！吹着，吹着！
我要赞美我祖国的花！
我要赞美我如花的祖国！
请将我的字吹成一簇鲜花，
金的黄，玉的白，春酿的绿，秋山的紫，……
然后又统统吹散，吹得落英缤纷，
弥漫了高天，铺遍了大地！

秋风啊！习习的秋风啊！
我要赞美我祖国的花！
我要赞美我如花的祖国！

1922，10

本诗原载于1923年1月13日《清华周刊》第267期《文艺增刊》第3期，后收入《红烛·孤雁篇》。

# 雨　　夜

几朵浮云，仗着雷雨的势力，
把一天的星月都扫尽了。
一阵狂风还喊来要捉那软弱的树枝，
树枝拼命地扭来扭去，
但是无法躲避风的爪子。

凶狠的风声，悲酸的雨声——
我一壁听着，一壁想着：
假使梦这时要来找我，
我定要永远拉着他，不放他走；
还剜出我的心来送他作贽礼，
他要收我作个莫逆的朋友。
风声还在树里呻吟着，
泪痕满面的曙天白得可怕，
我的梦依然没有做成。
哦！原来真的已被我厌恶了，
假的就没他自身的尊严吗？

本诗曾收入1923年9月出版的《红烛·雨夜篇》中。

# 睡　者

灯儿灭了，人儿在床；
月儿的银潮
沥过了叶缝，冲进了洞窗，
射到睡觉的双靥上，
跟他亲了嘴儿又偎脸，
便洗净一切感情的表象，
只剩下了如梦幻的天真，
笼在那连耳目口鼻
都分不清的玉影上。

啊！这才是人的真色相！
这才是自然的真创造！
自然只此一副模型；
铸了月面，又铸人面。

哦！但是我爱这睡觉的人，
他醒了我又怕他呢！
我越看这可爱的睡容，
想起那醒容，越发可怕。

啊！让我睡了，躲脱他的醒罢！
可是瞌睡像只秋燕，
在我眼帘前掠了一周，
忽地翻身飞去了，
不知几时才能得回来呢？

月儿，将银潮密密地酌着！
睡觉的，撑开枯肠深深地喝着！
快酌，快喝！喝着，睡着！
莫又醒了，切莫醒了！
但是还响点擂着，鼾雷！
我只爱听这自然的壮美的回音，
他警告我这时候
那人心宫的禁闼大开，
上帝在里头登极了！

本诗曾收入1923年9月出版的《红烛·雨夜篇》中。

# 雪

夜散下无数茸毛似的天花，
织成一片大氅，
轻轻地将憔悴的世界，
从头到脚地包了起来：
又加了死人一层殓衣。

伊将一片鱼鳞似的屋顶埋起了，
却总埋不住那屋顶上的青烟缕。
啊！缕缕蜿蜒的青烟啊！
仿佛是诗人向上的灵魂，
穿透自身的躯壳：直向天堂迈往。

高视阔步的风霜蹂躏世界，
森林里抖颤的众生战斗多时，
最末望见伲的白氅，
都欢声喊着：“和平到了！奋斗成功了！
这不是冬投降的白旗吗？”

本诗曾收入1923年9月出版的《红烛·雨夜篇》中。

# 志　愿

马路上歌啸的人群，
泛滥横流着，
好比一个不羁的青年的意志。

银箔似的溪面一意地
要板平他那难看的皱纹。
两岸的绿杨争着
迎接视线到了神秘的尽头——
原来那里是尽头？
是视线的长度不够！

啊！主呀！我过了那道桥以后，
你将怎样叫我消遣呢？
主啊！愿这腔珊瑚似的鲜血
染得成一朵无名的野花，
这阵热气又化些幽香给他，
好攒进些路人的心里烘着罢！

只要这样，切莫又赏给我
这一副腥秽的躯壳！
主呀！你许我吗？许了我罢！

本诗最初发表于1921年10月1日《清华周刊》第224期，作者署名风叶。[①]

①本书选取的是后收入诗集《红烛》的版本，与原诗有改动。

# 黄　昏[①]

太阳辛苦了一天，
赚得一个平安的黄昏，
喜得满面通红，
一气直往山洼里狂奔。

黑黯好比无声的雨丝，
慢慢往世界上飘洒……
贪睡的合欢叠拢了绿鬓，钩下了柔颈，
路灯也一齐偷了残霞，换了金花；
单剩那喷水池
不怕惊破别家的酣梦，
依然活泼泼地高呼狂笑，独自玩耍。

饭后散步的人们，
好像刚吃饱了蜜的蜂儿一窠，
三三五五的都往
马路上头，板桥栏畔飞着。

①本诗最初发表时，作者署名风叶。后收入《红烛》时文字有改动，最后的四句是在收入诗集时增加的。

嗡……嗡……嗡……听听唱的什么——
　是花色的美丑?
　是蜜味的厚薄?
　是女王的专制?
　是东风的残虐?

啊！神秘的黄昏啊！
问你这首玄妙的歌儿，
这辈嚣喧的众生
谁个唱的是你的真义?

本诗最初发表于1920年10月22日《清华周刊》195期，后收入《红烛·雨夜篇》中。

# 宇　宙

宇宙是个监狱，
但是个模范监狱；
他的目的在革新，
并不在惩旧。

本诗曾收入1923年9月出版的《红烛·青春篇》中。

# 香　篆

辗转在眼帘前，
萦回在鼻观里，
锤旋在心窝头——

心爱的人儿啊！
这样清幽的香，
只堪供祝神圣的你：

我祝你黛发长青！
又祝你朱颜长姣！
同我们的爱万寿无疆！

本诗曾收入在1923年9月出版的《红烛·青春篇》中。

# 国　手

爱人啊！你是个国手；
我们来下一盘棋；
我的目的不是要赢你，
但只求输给你——
将我的灵和肉，
输得干干净净！

本诗曾收入在1923年9月出版的《红烛·青春篇》中。

# 春　寒

春啊！
正似美人一般，
无妨瘦一点儿！

本诗曾收入在1923年9月出版的《红烛·青春篇》中。

# 钟　　声

钟声报得这样急——
时间之海的记水标哦！
是记涨呢，还是记落呢！——
是报过去的添长呢？
还是报未来的消缩呢？

本诗曾收入在1923年9月出版的《红烛·青春篇》中。

# 黄鸟

哦！森林的养子，
太空的血胤
不知名的野鸟儿啊！

黑缎的头帕，
蜜黄的羽衣，
镶着赤铜的喙爪——
啊！一只鲜明的火镞，
那样癫狂地射放，
射翻了肃静的天宇哦！

像一块雕镂的水晶，
艺术纵未完成，
却永映着上天的光彩——
这样便是他吐出的
那阕雅健的音乐呀！
啊！希腊式的雅健！

野心的鸟儿啊！
我知道你喉咙里的
太丰富的歌儿
快要噎死你了：
但是从容些吐着！
吐出那水晶的谐音，
造成艺术之宫，
让一个失路的灵魂
早安了家罢！

本诗曾收入在1923年9月出版的《红烛·青春篇》中。

# 艺术的忠臣

无数的人臣，仿佛真珠
攒在艺术之王的龙衮上，
一心同赞御容的光采；
其中只有济慈一个人
是群龙拱抱的一颗火珠，
光芒赛过一切的珠子。

诗人的诗人啊！
满朝的冠盖只算得
些艺术的名臣，
只有你一人是个忠臣。
“美即是真，真即美。”
我知道你那栋梁之材，
是单给这个真命天子用的；
别的分疆割据，属国偏安，
哪里配得起你哟！

啊！“鞠躬尽瘁，死而后已”：
真个做了艺术的殉身者！
忠烈的亡魂啊！
你的名字没写在水上，[①]
但铸在圣朝的宝鼎上了！

本诗曾收入在1923年9月出版的《红烛·青春篇》中。

①水上见济慈的“Ode to a grecian urn”。济慈自撰的墓铭曰：“这儿有一个人的名字写在水上了！”

# 诗　债

小小的轻圆的诗句，
是些当一的制钱——
在情人的国中
贸易死亡的通宝。

爱啊！慷慨的债主啊！
不等我偿清诗债
就这么匆忙地去了，
怎样也挽留不住。

但是字串还没毁哟！
这永欠的本钱，
仍然在我帐本上，
息上添息地繁衍。

若有一天你又回来，
爱啊！要做Shylock[①]吗？
就把我心上的肉，
和心一起割给你罢！

本诗曾收入1923年9月出版的诗集《红烛》中。

①夏洛克：莎士比亚戏剧《威尼斯商人》中的角色。

# 别　　后

哪！那不速的香吻，
没关心的柔词……
啊！热情献来的一切的贽礼，
当时都大意地抛弃了，
于今却变化记忆的干粮，
来充这旅途的饥饿。

可是，有时同样的馈仪，
当时珍重地接待了，抚宠了；
反在记忆之领土里
刻下了生憎惹厌的痕迹。

啊！谁道不是变幻呢？
顷刻之间，热情与冷淡，
已经百度的乘除了。

谁道不是矛盾呢？
一般的香吻，一样的柔词，
才冷僵了骨髓，
又烧焦了纤维。

恶作剧的疟魔呀!
到底是谁遣你来的?
你在这一隙驹光之间,
竟教我更迭地
作了冰炭的化身!
恶作剧的疟魔哟!

本诗曾收入在1923年9月出版的《红烛·青春篇》中。

# 孤　雁

不幸的失群的孤客！
谁教你抛弃了旧侣，
拆散了阵字，
流落到这水国的绝塞，
拼着寸磔的愁肠，
泣诉那无边的酸楚？

啊！从那浮云的密幕里，
迸出这样的哀音；
这样的痛苦！这样的热情！

孤寂的流落者！
不须叫喊得哟！
你那沉细的音波，
在这大海的惊雷里，
还不值得那涛头上
溅破的一粒浮沤呢！

可怜的孤魂啊！
更不须向天回首了。
天是一个无涯的秘密，
一幅蓝色的谜语，

太难了，不是你能猜破的。
也不须向海低头了。
这辱骂高天的恶汉，
他的咸卤的唾沫
不要渍湿了你的翅膀，
黏滞了你的行程！

流落的孤禽啊！
到底飞往那里去呢？
那太平洋的彼岸，
可知道究竟有些什么？

啊！那里是苍鹰的领土——
那鸷悍的霸王啊！
他的锐利的指爪，
已撕破了自然的面目，
建筑起财力的窝巢。
那里只有铜筋铁骨的机械，
喝醉了弱者的鲜血，
吐出些罪恶的黑烟，
涂污我太空，闭熄了日月，
教你飞来不知方向，
息去又没地藏身啊！

流落的失群者啊！
到底要往那里去？
随阳的鸟啊！
光明的追逐者啊！
不信那腥臊的屠场，
黑黯的烟灶，
竟能吸引你踪迹！

归来吧，失路的游魂！
归来参加你的伴侣，
补足他们的阵列！
他们正引着颈望着你呢。

归来偃卧的霜染的芦林里，
那里有校猎的西风，
将茸毛似的芦花，
铺就了你的床褥，
来温暖起你的甜梦。

归来浮游在温柔的港溆里，
那里方是你的浴盆。
归来徘徊在浪舐的平沙上，
趁着溶银的月色
婆娑着戏弄你的幽影。

归来罢，流落的孤禽！
与其尽在这水国的绝塞，
拼着寸磔的愁肠，
泣诉那无边的酸楚，
不如棹翅回身归去罢！

啊！但是这不由分说的狂飙
挟着我不息地前进；
我脚上又带着了一封书信，
我怎能抛却我的使命，
由着我的心性
回身棹翅归去来呢？

本诗曾收入在1923年9月出版的《红烛·孤雁篇》中。

# 太平洋舟中见一明星[①]

鲜艳的明星哪！
太阴的嫡裔，
月儿同胞的小妹——
你是天仙吐出的玉唾，
溅在天边？
还是鲛人泣出的明珠，
被海涛淘起？

哦！我这被单调的浪声
摇睡了的灵魂，
昏昏睡了这么久，
毕竟被你唤醒了哦，
灿烂的宝灯啊！
我在昏沉的梦中，
你将我唤醒了，
我才知道我已离了故乡，
贬斥在情爱的边徼之外——
飘簸在海涛上的一枚钓饵。

①本诗最初发表时，作者署名一多，原题为《太平洋舟中见一明星感赋》。

你又唤醒了我的大梦——
梦外包着的一层梦！
生活呀！苍茫的生活呀！
也是波涛险阻的大海哟！
是情人的眼泪的波涛，
则壮士的血液的波涛。

鲜艳的星，光明的结晶啊！
生命之海中的灯塔！
照着我罢！照着我罢！
不要让我碰了礁滩！
不要许我越了航线；
我自要加进我的一勺温泪，
教这泪海更咸；
我自要倾出我的一腔热血，
教这血涛更鲜！

本诗原载于1923年3月16日《清华周刊》第273期《文艺增刊》第5期，后收入《红烛·孤雁篇》中。

# 死　水

这是一沟绝望的死水，
清风吹不起半点漪沦。
不如多扔些破铜烂铁，
爽性泼你的剩菜残羹。

也许铜的要绿成翡翠，
铁罐上锈出几瓣桃花；
再让油腻织一层罗绮，
霉菌给他蒸出些云霞。

让死水酵成一沟绿酒，
漂满了珍珠似的白沫；
小珠们笑声变成大珠[①]，
又被偷酒的花蚊咬破。

那么一沟绝望的死水，
也就夸得上几分鲜明。
如果青蛙耐不住寂寞，
又算死水叫出了歌声。

---

①此句原写作“小珠笑一声变成大珠，”今据作者编选的《现代诗抄》而修改为文中诗句。

这是一沟绝望的死水，
这里断不是美的所在，
不如让给丑恶来开垦，
看他造出个什么世界。

本诗原载于1926年4月15日《晨报副镌·诗镌》第3号。

# 口　供

我不骗你，我不是什么诗人，
纵然我爱的是白石的坚贞，
青松和大海，鸦背驮着夕阳，
黄昏里织满了蝙蝠的翅膀。
你知道我爱英雄，还爱高山，
我爱一幅国旗在风中招展，
自从①鹅黄到古铜色的菊花。
配着我的粮食是一壶苦茶！

可是还有一个我，你怕不怕？——
苍蝇似的思想，垃圾桶里爬。

本诗最初发表于1927年9月10日上海《时事新报·文艺周刊》第1期。

① “自从”最初发表时写作“那从”。

# 收　回

那一天只要命运肯放我们走！
不要怕；虽然得走过一个黑洞，
你大胆的走；让我掇着你的手；
也不用问那里来的一阵阴风。

只记住了我今天的话，留心那
一掬温存，几朵吻，留心那几炷笑，
都给拾起来，没有差；——记住我的话，
拾起来，还有珊瑚色的一串心跳。

可怜今天苦了你——心渴望着心——
那时候该让你拾，拾一个痛快，
拾起我们今天损失了的黄金。
那斑烂的残瓣，都是我们的爱，
拾起来，戴上。
你戴着爱的圆光，
我们再走，管他是地狱，是天堂！

本诗最初发表于1927年7月15日上海《时事新报·学灯》，作者署名屠龙。

# “你指着太阳起誓”

你指着太阳起誓，叫天边的寒雁[①]
说你的忠贞。好了，我完全相信你，
甚至热情开出泪花，我也不诧异。
只是你要说什么海枯，什么石烂……
那便笑得死我。这一口气的工夫
还不够我陶醉的？还说什么“永久”？
爱，你知道我只有一口气的贪图，
快来箍紧我的心，快！啊，你走，你走……

我早算就了你那一手——也不是变卦——
“永久”早许给了别人，秕糠是我的份，
别人得的才是你的菁华——不坏的千春。
你不信？假如一天死神拿出你的花押。
你走不走？去去！去恋着他的怀抱，
跟他去讲那海枯石烂不变的贞操！

本诗最初发表于1927年12月3日上海《时事新报·文艺周刊》第12期。

①原作凫雁，据作者编选的《现代诗抄》改作“寒雁”。

# 什么梦?

一排雁字仓皇的渡过天河，
寒雁的哀呼从她心里穿过，
“人啊，人啊”她叹道，
“你在那里，在那里叫着我？”

黄昏拥着恐怖，直向她进逼，
一团剧痛沉淀在她的心里，
“天啊，天啊”她叫道，
“这到底，到底是什么意义？”

道是那样长，行程又在夜里，
她站在生死的门限上犹夷，
“烦闷，烦闷”她想道，
“我将永远，永远结束了你！”

决断写在她脸上，——决断的从容，……
忽然摇篮里哇的一阵警钟，
“儿啊，儿啊”她哭了，
“我做的是什么是什么梦？”

本诗最初发表于1927年7月26日上海《时事新报·学灯》，收入《死水》时作了一些改动。

# 大鼓师[①]

我挂上一面豹皮的大鼓，
我敲着它游遍了一个世界。
我唱过了形形色色的歌儿，
我也听饱了喝不完的彩。

一角斜阳倒挂在檐下，
我蹑着芒鞋，踏入了家村。
“咱们自己的那只歌儿呢？”
她赶上前来，一阵的高兴。

我会唱英雄，我会唱豪杰，
那倩女情郎的歌，我也唱，
若要问到咱们自己的歌，
天知道，我真说不出的心慌！

我却吞下了悲哀，叫她一声，
“快拿我的三弦来，快呀快！
这只破鼓也忒嫌闹了，我要
那弦子弹出我的歌儿来。”

①本书选取的是收入《死水》时的版本，对最初发表的原诗改动较大。

我先弹着一群白鸽在霜林里，
珊瑚爪儿踩着黄叶一堆；
然后你听那秋虫在石缝里叫，
忽然又变了冷雨洒着柴扉。

洒不尽的雨，流不完的泪，……
我叫声“娘子”！把弦子丢了，
“今天我们拿什么作歌来唱？
歌儿早已化作泪儿流了！

“怎么？怎么你也抬不起头来？
啊！这怎么办，怎么办！……
来！你来！我兜出来的悲哀，
得让我自己来吻它干。

“只让我这样呆望着你，娘子，
像窗外的寒蕉望着月亮，
让我只在静默中赞美你，
可是总想不出什么歌来唱。

“纵然是刀斧削出的连理枝，
你瞧，这姿势一点也没有扭。
我可怜的人，你莫疑我，
我原也不怪那挥刀的手。

“你不要多心，我也不要问，
山泉到了井底，还往哪里流？
我知道你永远起不了波澜，
我要你永远给我润着歌喉。

“假如最末的希望否认了孤舟，
假如你拒绝了我，我的船坞！
我战着风涛，日暮归来，
谁是我的家，谁是我的归宿？

“但是，娘子啊！在你的尊前，
许我大鼓三弦都不要用；
我们委实没有歌好唱，我们
既不是儿女，又不是英雄！”

本诗最初发表于1925年3月25日《晨报副刊·文学旬刊》第65号。

# 狼 狈

假如流水上一抹斜阳
悠悠的来了，悠悠的去了；
假如那时不是我不留你，
那颗心不由我作主了。

假如又是灰色的黄昏
藏满了蝙蝠的翅膀；
假如那时不是我不念你，
那时的心什么也不能想。

假如落叶像败阵纷逃，
暗影在我这窗前睥睨；
假如这颗心不是我的了，
女人，教它如何想你？

假如秋夜也这般的寂寥……
嘿！这是谁在我耳边讲话？
这分明不是你的声音，女人；
假如她偏偏要我降她。

本诗最初发表在1925年8月14日《晨报副刊》第1250号。[①]

①本书选取该诗收入诗集《死水》时版本，与最初的版本有较大改动。

# 忘 掉 她

忘掉她，像一朵忘掉的花，——
那朝霞在花瓣上，
那花心的一缕香——
忘掉她，像一朵忘掉的花！

忘掉她，像一朵忘掉的花！
像春风里一出梦，
像梦里的一声钟，
忘掉她，像一朵忘掉的花！

忘掉她，像一朵忘掉的花！
听蟋蟀唱得多好，
看墓草长得多高；
忘掉她，像一朵忘掉的花！

忘掉她，像一朵忘掉的花！
她已经忘记了你，
她什么都记不起；
忘掉她，像一朵忘掉的花！

忘掉她，像一朵忘掉的花！
年华那朋友真好，
他明天就教你老；
忘掉她，像一朵忘掉的花！

忘掉她，像一朵忘掉的花！
如果是有人要问，
就说没有那个人；
忘掉她，像一朵忘掉的花！

忘掉她，像一朵忘掉的花！
像春风里一出梦，
像梦里的一声钟，
忘掉她，像一朵忘掉的花！

本诗收入诗集《死水》。

# 泪　雨

他在那生命的阳春时节，
曾流着号饥号寒的眼泪；
那原是舒生解冰的春霖，
却也兆征了生命的哀悲。

他少年的泪是连绵的阴雨，
暗中浇熟了酸苦的黄梅；
如今黑云密布，雷电交加，
他的泪像夏雨一般的滂沛。

中途的怅惘，老大的蹉跎，
他知道中年的苦泪更多，
中年的泪定似秋雨淅沥，
梧桐叶上敲着永夜的悲歌。

谁说生命的残冬没有眼泪？
老年的泪是悲哀的总和；
他还有一掬结晶的老泪，
要开作漫天愁人的花朵。

本诗收入诗集《死水》中。

# 末　日

露水在笕筒里哽咽着，
芭蕉的绿舌头舐着玻璃窗，
四围的垩壁都往后退，
我一人填不满偌大一间房。

我心房里烧上一盆火，
静候着一个远道的客人来，
我用蛛丝鼠矢喂火盆，
我又用花蛇的鳞甲代劈柴。

鸡声直催，盆里一堆灰，
一股阴风偷来摸着我的口，
原来客人就在我眼前，
我咳嗽一声，就跟着客人来①。

本诗最初发表在1925年9月22日《晨报副刊》第1277号。②

①此句原写作“我眼皮一闭，就跟着客人走。”现根据作者编选的《现代诗抄》修改。
②本诗选取收入诗集《死水》中的版本，与最初的版本有较大改动。

# 春　光

静得像入定了的一般，那天竹，
那天竹上密叶遮不住的珊瑚；
那碧桃；在朝暾里运气的麻雀。
春光从一张张的绿叶上爬过。
蓦地一道阳光晃过我的眼前，
我眼睛里飞出了万只的金箭，
我耳边又谣传着翅膀的摩声，
仿佛有一群天使在空中逻巡……

忽地深巷里迸出了一声清籁：
“可怜可怜我这瞎子，老爷太太！”

本诗最初发表于1926年4月29日《晨报副刊·诗镌》第5号。

# 我要回来

我要回来，
乘你的拳头像兰花未放，
乘你的柔发和柔丝一样，
乘你的眼睛里燃着灵光，
我要回来。

我没回来，
乘你的脚步像风中荡桨，
乘你的心灵像痴蝇打窗，
乘你笑声里有银的铃铛，
我没回来。

我该回来，
乘你的眼睛里一阵昏迷，
乘一口阴风把我灯吹熄，
乘一只冷手来掇走了你，
我该回来。

我回来了，
乘流萤打着灯笼照着你，
乘你的耳边悲啼着莎鸡，
乘你睡着了，含一口沙泥，
我回来了。

本诗收入诗集《死水》。

# 夜　歌

癞虾蟆抽了一个寒噤，
黄土堆里钻出个妇人，
妇人身旁找不出阴影，
月色却是如此的分明。

黄土堆里钻出个妇人，
黄土堆上并没有裂痕，
也不曾惊动一条蚯蚓，
或弸断蛸蟏一根网绳。

月光底下坐着个妇人，
妇人的容貌好似青春，
猩红衫子血样的狰狞，
鬅松的散发披了一身。

妇人在号咷，捶着胸心，
癞虾蟆只是打着寒噤，
远村的荒鸡哇的一声，
黄土堆上不见了妇人。

本诗收入诗集《死水》。

# 心　跳

这灯光，这灯光漂白了的四壁；
这贤良的桌椅，朋友似的亲密；
这古书的纸香一阵阵的袭来；
要好的茶杯贞女一般的洁白；
受哺的小儿唼呷在母亲怀里，
鼾声报道我大儿康健的消息……
这神秘的静夜，这浑圆的和平，
我喉咙里颤动着感谢的歌声。
但是歌声马上又变成了诅咒，
静夜！我不能，不能受你的贿赂。
谁希罕你这墙内尺方的和平！
我的世界还有更辽阔的边境。
这四墙既隔不断战争的喧嚣，
你有什么方法禁止我的心跳？
最好是让这口里塞满了沙泥，
如其它只会唱着个人的休戚！
最好是让这头颅给田鼠掘洞，
让这一团血肉也去喂着尸虫。
如果只是为了一杯酒，一本诗，

静夜里钟摆摇来的一片闲适，
就听不见了你们四邻的呻吟，
看不见寡妇孤儿抖颤的身影，
战壕里的痉挛，疯人咬着病榻，
和各种惨剧在生活的磨子下。
幸福！我如今不能受你的私贿，
我的世界不在这尺方的墙内。
听！又是一阵炮声，死神在咆哮。
静夜！你如何能禁止我的心跳？

本诗最初发表于1927年5月20日上海《时事新报·学灯》，后收入诗集《死水》。

# 一个观念

你隽永的神秘，你美丽的谎，
你倔强的质问，你一道金光，
一点亲密的意义，一股火，
一缕缥缈的呼声，你是什么？
我不疑，这因缘一点也不假，
我知道海洋不骗他的浪花。
既然是节奏，就不该抱怨歌。
啊，横暴的威灵，你降伏了我，
你降伏了我！你绚缦的长虹——
五千多年的记忆，你不要动，
如今我只问怎样抱得紧你……
你是那样的横蛮，那样美丽！

本诗最初发表于1927年6月23日上海《时事新报·学灯》，后收入诗集《死水》。[①]

①作者后在编选《现代诗抄》时将本诗与另一首诗《发现》改题为《诗二首》。

# 发　现

我来了，我喊一声，迸着血泪，
“这不是我的中华，不对，不对！”
我来了，因为我听见你叫我；
鞭着时间的罡风，擎一把火。
我来了，那知道是一场空喜[①]。
我会见的是噩梦，那里是你？
那是恐怖，是噩梦挂着悬崖，
那不是你，那不是我的心爱！
我追问青天，逼迫八面的风，
我问，拳头擂着大地的赤胸。
总问不出消息；我哭着叫你，
呕出一颗心来，——在我心里！

本诗最初发表于1927年6月25日上海《时事新报·学灯》，作者署名屠龙。

①此句原写作“不知道是一场空喜。”现根据作者编选的《时代诗抄》修改。

# 祈　祷

请告诉我谁是中国人，
启示我，如何把记忆抱紧；
请告诉我这民族的伟大，
轻轻的告诉我，不要喧哗！

请告诉我谁是中国人，
谁的心里有尧舜的心，
谁的血是荆轲聂政的血，
谁是神农黄帝的遗孽。

告诉我那智慧来得离奇，
说是河马献来的馈礼；
还告诉我这歌声的节奏，
原是九苞凤凰的传授。

谁告诉我戈壁的沉默，
和五岳的庄严？又告诉我
泰山的石霤还滴着忍耐，
大江黄河又流着和谐？

再告诉我，那一滴清泪
是孔子吊唁死麟的伤悲？
那狂笑也得告诉我才好，——
庄周，淳于髡，东方朔的笑。

请告诉我谁是中国人，
启示我，如何把记忆抱紧；
请告诉我这民族的伟大，
轻轻的告诉我，不要喧哗！

本诗收入诗集《死水》。

# 一句话

有一句话说出就是祸，
有一句话能点得着火。
别看五千年没有说破，
你猜得透火山的缄默？
说不定是突然着了魔，
突然青天里一个霹雳
爆一声：
“咱们的中国！”

这话教我今天怎么说？
你不信铁树开花也可，
那么有一句话你听着：
等火山忍不住了缄默，
不要发抖，伸舌头，顿脚，
等到青天里一霹雳
爆一声：
“咱们的中国！”

本诗收入诗集《死水》。

# 荒　村

“……临淮关梁园镇间一百八十里之距离，已完全断绝人烟。汽车道两旁之村庄，所有居民，逃避一空。农民之家具木器，均以绳相连，沉于附近水塘稻田中，以避火焚。门窗俱无，中以棺材或石堵塞。一至夜间，则灯火全无。鸡犬豕等觅食野间，亦无人看守。而间有玫瑰芍药犹墙隅自开。新出稻秧，翠荡宜人。草木无知，其斯之谓欤？”

——民国十六年五月十九日《新闻报》

他们都上那里去了？怎么
虾蟆蹲在甑上，水瓢里开白莲；
桌椅板凳在田里堰里飘着；
蜘蛛的绳桥从东屋往西屋牵？
门框里嵌棺材，窗棂里镶石块！
这景象是多么古怪多么惨！
镰刀让它锈着快锈成了泥，
抛着整个的鱼网在灰堆里烂。
天呀！这样的村庄都留不住他们！

玫瑰开不完，荷叶长成了伞；
秧针这样尖，湖水这样绿，
天这样青，鸟声像露珠样圆。
这秧是怎样绿的，花儿谁叫红的？
这泥里和着谁的血，谁的汗？
去得这样的坚决，这样的脱洒，
可有什么苦衷，许了什么心愿？
如今可有人告诉他们：这里
猪在大路上游，鸭往猪群里攒，
雄鸡踏翻了芍药，牛吃了菜——
告诉他们太阳落了，牛羊不下山，
一个个的黑影在岗上等着，
四合的峦嶂龙蛇虎豹一般，
它们望一望，打了一个寒噤，
大家低下头来，再也不敢看；
（这也得告诉他们）它们想起往常
暮寒深了，白杨在风里颤，
那时只要站在山头嚷一句，
山路太险了，还有主人来搀；
然后笛声送它们踏进栏门里，
那稻草多么香，屋子多么暖！
它们想到这里，滚下了一滴热泪，

大家挤作一堆，脸偎着脸……
去！去告诉它们主人，告诉他们，
什么都告诉他们，什么也不要瞒！
叫他们回来！叫他们回来！
问他们怎么自己的牲口都不管？
他们不知道牲口是和小儿一样吗？
可怜的畜生它们多么没有胆！
喂！你报信的人也上那里去了？
快去告诉他们——告诉王家老三，
告诉周大和他们兄弟八个，
告诉临淮关一带的庄稼汉，
还告诉那红脸的铁匠老李，
告诉独眼龙，告诉徐半仙，
告诉黄大娘和满村庄的妇女——
告诉他们这许多的事，一件一件。
叫他们回来，叫他们回来！
这景象是多么古怪多么惨！
天呀！这样的村庄留不住他们；
这样一个桃源，瞧不见人烟！

本诗收入诗集《死水》。

# 罪　过

老头儿和担子摔一交，
满地是白杏儿红樱桃。
老头儿爬起来直哆嗦，
“我知道我今日的罪过！”
“手破了，老头儿你瞧瞧。”
“唉！都给压碎了，好樱桃！”
“老头儿你别是病了罢？
你怎么直楞着不说话？”
“我知道我今日的罪过，
一早起我儿子直催我。
我儿子躺在床上发狠，
他骂我怎么还不出城。”

“我知道今日个不早了，
没想到一下子睡着了。
这叫我怎么办，怎么办？
回头一家人怎么吃饭？”
老头儿拾起来又掉了，
满地是白杏儿红樱桃。

本诗最初发表于1927年6月18日上海《时事新报·学灯》，后收入诗集《死水》。

# 飞　毛　腿

我说飞毛腿那小子也真够别扭，
管包是拉了半天车得半天歇着，
一天少了说也得二三两白干儿，
醉醺醺的一死儿拉着人谈天儿。
他妈的谁能陪着那个小子混呢？
“天为啥是蓝的？”没事他该问你。
还吹他妈什么箫，你瞧那副神儿，
窝着件破棉袄，老婆的，也没准儿，
再瞧他擦着那车上的俩大灯罢，
擦着擦着问你曹操有多少人马。
成天儿车灯车把且擦且不完啦，
我说“飞毛腿你怎不擦擦脸啦？”
可是飞毛腿的车擦得真够亮的，
许是得擦到和他那心地一样的！
嗐！那天河里漂着飞毛腿的尸首，……
飞毛腿那老婆死得太不是时候。

本诗收入诗集《死水》。

# 洗衣歌

洗衣是美国华侨最普通的职业。因此留学生常常被人问道："你的爸爸是洗衣裳的吗？"许多人忍受不了这侮辱，然而洗衣的职业确乎含着一点神秘的意义。至少我曾经这样的想过。作洗衣歌。

（一件，两件，三件，）
洗衣要洗干净！
（四件，五件，六件，）
熨衣要熨得平！

我洗得净悲哀的湿手帕，
我洗得白罪恶的黑汗衣，
贪心的油腻和欲火的灰，……
你们家里一切的脏东西，
交给我洗，交给我洗。

铜是那样臭，血是那样腥，
脏了的东西你不能不洗，
洗过了的东西还是得脏，
你忍耐的人们理它不理？
替他们洗！替他们洗！

你说洗衣的买卖太下贱，
肯下贱的只有唐人不成？
你们的牧师他告诉我说：
耶稣的爸爸做木匠出身，
你信不信？你信不信？

胰子白水耍不出花头来，
洗衣裳原比不上造兵舰。
我也说这有什么大出息——
流一身血汗洗别人的汗？
你们肯干？你们肯干？

年去年来一滴思乡的泪，
半夜三更一盏洗衣的灯……
下贱不下贱你们不要管，
看那里不干净那里不平，
问支那人，问支那人。

我洗得净悲哀的湿手帕，
我洗得白罪恶的黑汗衣，
贪心的油腻和欲火的灰，
你们家里一切的脏东西，
交给我洗，交给我洗。
（一件，两件，三件，）
洗衣要洗干净！
（四件，五件，六件，）
熨衣要熨得平！

本诗最初发表在1925年7月11日《现代评论》第2卷第31期的版本。[①]

①本书选取的是收入诗集《死水》的版本，与最初版本有较大改动。

# 闻一多先生的书桌

忽然一切的静物都讲话了，
　忽然间书桌上怨声腾沸：
墨盒呻吟道“我渴得要死！”
　字典喊雨水渍湿了他的背；

信笺忙叫道弯痛了他的腰；
　钢笔说烟灰闭塞了他的嘴；
毛笔讲火柴烧秃了他的须，
　铅笔抱怨牙刷压了他的腿；

香炉咕喽着“这些野蛮的书
　早晚定规要把你挤倒了！”
大钢表叹息快睡锈了骨头；
　“风来了！风来了！”稿纸都叫了；

笔洗说他分明是盛水的，
　怎么吃得惯臭辣的雪茄灰；
桌子怨一年洗不上两回澡，
　墨水壶说“我两天给你洗一回。”

“什么主人？谁是我们的主人？”
　一切的静物都同声骂道，
“生活若果是这般的狼狈，
　倒还不如没有生活的好！”

主人咬着烟斗迷迷的笑，
　“一切的众生应该各安其位。
我何曾有意的糟蹋你们，
　秩序不在我的能力之内。”

本诗最初发表在1925年9月19日《现代评论》第2卷第41期的版本。[①]

①本书选取的是收入诗集《死水》的版本，与最初版本略有改动。

# 读沈尹默《小妹》！想起我的妹来了也作一首

十一月十六日

今年暑假里有一个晚上，我点着一盏煤油灯看诗，妈坐在我后面，低着头，靠在我的椅子背上。我听见一个发颤的声音讲：

"这么早没得事，又想起来了。……"

我忽然觉得屋子里起了一阵雾，灯光也发了，书上的字也迷糊了；温热的泪珠一颗颗的往我的双腮上淋着。

十五妹！我喜欢做梦的人，自从在梦乡里，发现了那一个光明的世界，就看着现在这牢狱的世界里，无事不是痛苦；何以在狱里的人，日夜的只怕到那一天死要来拉他出狱哩？

十五妹！人家都说你死得可怜。我说你的可怜，是在生前，不在死后。

漆黑的屋子，衬出豆大的灯光，帐子里仿佛有一个发颤的声音讲：

"又想起来了！"

十五妹！我只怕听这一句话。

本书曾收入诗集《真我集》。

# 雪　片

Mary Mapes Dooge[①]
一个雪片离开了青天的时候，
他飘来飘去地讲“再见！
再见，亲爱的云，你这样冷澹！”
然后轻轻地向前迈往。

一个雪片寻着了一株树的时候，
“你好！”他说，——“你可平安！
你这样的赤裸与孤单，亲爱的，
我要休息，并且叫我的同伴都来。”

但是一个雪片，勇敢而且和蔼，
歇在一个佳人的蔷薇颊上的时候，
他吃了一惊，“好温柔的天气呀！
这是夏季！”——他就融化了。

本诗曾收入诗集《真我集》。

①玛丽·玛贝·杜丝。

# 朝　日

夜已将他的黑幕卷起了，
世界还被酣梦羁绊着咧；
勤苦的太阳像一家的主人翁，
先起来了，披着他的绣裳，
偷偷地走到各个窗子前来
喊他的睡觉的娇儿起来作工。
啊！这样寂静灵幻的睡容，
他那里敢惊动呢？
他不敢惊动，只望着他笑，
但他的笑散出热炙的光芒
注射到他睡觉的脸上，
却惊动了他的灵魂，摆脱了他的酣梦，——
睡觉的起来了！

五月十二日

本诗收入诗集《真我集》。

# 率　真

莺儿，你唱得这样高兴，
你知道树下靠着一个人是为什么的吗？
鸦儿，你也唱得这样高兴，
你不曾听见诅骂的声音吗？
好鸟儿！我想你们只知道有了歌儿，就该唱，
什么赞美，什么诅骂，你们怎能管得着？
咦！鹦哥，鸟族的不肖之子，
忘了自己的歌儿学人语，
若是个个鸟儿都像你，
世界上那里去找音乐呢？

五月十四日

本诗收入诗集《真我集》。

# 伤　　心

风儿歇了，
柳条儿舞倦了，
雀儿的嗓子叫干了，
春的力也竭了。

肥了绿的，
瘦了红的；
好容易穿透了花丛，
才找出一个恋春的孤客。
拉着他的枝儿，
细细地总看不足，
忽地里把他放了，
弹得一阵残红纷纷……
快放下你的眼帘！
这样惨的象如何看得？
唉！气不完，又哭不出，
只咬着指尖儿默默地想着，——
你又何必这样呢？

五月十七日

本诗收入诗集《真我集》。

# 一个小囚犯

妈！我还记得，一个四月天，雨脚刚收，
檐沟正忙得吼吼声，
园里的花香跟湫湿的土气在鼻子里冲突。
一双黄蝴蝶又来偷花粉，
太阳斜着眼珠儿瞪着我笑，
我想是他叫我去捕贼，
马上邀我的朋友赶去。
贼没有捕着，我们反跌了一交，
涂得满身的污泥，手被花刺儿戟破了。
我回家来，望着你哭。
你不问底细，就把我关在房里，再不准我出来了。

我关了一个月，我问你：
“妈！事已经过了，我关得很久了，可不可放我出来？”
你说：“不怕丑的孩子！身上弄得那样脏还好意思见人吗？”
我说：“妈，请你替我洗洗，换一身簇新的

衣服，我再也不顽皮了。”

你攒着眉尖儿想了半天才讲，“人家的孩子们都在家里玩儿咧……”

我关了两个月——关病了——我又问你，一壁哭着，

“妈！你一辈子不放我出来吗？

唉！你不知道我病了吗？

整天儿没吸一点新鲜空气，没见一线阳光，

再不放我出来，我真要活活的闭死了啊！”

你说，“乖儿，你病到这样，外边那大的风雨，你怎能禁得住呢？

医生吩咐你在家里养病。”

我关了半年，尝饱了药味，病减了一点，我又问你，

“妈！我的病好了，现在我该出去玩了罢？”

你说，“你还没好完全，你可以推开窗子望望，但不要走到外边去了。”

窗子开了——那里淌来的一阵如泣如诉的歌声？听！

“放我出来！”

这无期的幽禁，我怎能受得了？

放我出来，把那腐锈渣滓，一齐刮掉，
还是一颗明星，永作你黑夜长途的向导。
不放我出来，待我郁发了酵，更醉得昏头跌脑，
莫怪我撞破了监牢，闹得这世界东颠西倒！
放我出来！

歌儿毕了，我四面寻找。找不出唱歌的人。
我很欢喜，我也失望，我又问你，
“妈！我从前的伴儿不能帮助我，
致令我糊脏了衣服，戟破了手皮；
假若现在来了一个小孩，教我不要捉蝴蝶，也不要踏污泥，
但陪着我好好生生地玩耍，还唱嘹亮的歌儿，
你也不放我出去吗？”
你说：“可以放你，但你又上那里找这样一个伴儿呢？”

从此以后，我便天天站在窗口喊：
“唱歌的人儿，我们俩一块儿出来罢！”
不晓得唱歌的人儿听见没有。

五月十五日

本书收入诗集《真我集》。

# 所 见

小河从槎枒的乱石缝里溜出来，
声音虽不大，却还带点瀑布的意味。
在他身上横卧着，是一株老柳，
从他的干上直竖地射出无数的小枝；
他仍想找点阳光，却被头上的密荫拦住了，
所以那一丛绿叶，都变了死白的颜色。
野藤在这一架天然的木桥下，
挂起了一束鬅松的鬓丝，
被瀑布的呼吸吹得悠悠摇动。
谁家洗衣的女儿，穿着绯红的衫子，
蹲在绿阴深处，打得砰訇砰訇的响？

本诗收入诗集《真我集》。

# 南 山 诗（古诗今译）

听说京城的南边，
是群山的渊薮；
东西两头抵到海，
大的小的数不清。
《山海经》，《地理志》，
一概无研究；
想采书文叙一遍，
却怕十分之中漏了九，
即想不写又不能，
只得尽我看见的说一点。

我常在高山上望见
戢戢小丘往拢凑着，
天晴显出森森的棱角，
还有丝丝的乱脉如同锦绣一般；
一阵山气正是密密地浑着，
忽地里里外两通透，——
没有风儿，还自簸动飘摇，

融液和软而且茂盛。
横列的云彩有时又平静地凝着，
露出点点的山岫；
天空里浮着一段长眉，
深绿的颜色，刚才画得；
孤单单地撑着的险岩
仿佛是在海里洗澡的大鹏伸起来的嘴子。

春阳暗地里润泽他，
就吐出濯濯的秀色，
岩峦虽是嵂崒，
却软弱同含着重酒一般。

本诗收入诗集《真我集》。

# 晚霁见月

好了！风翅掩了，
雨脚敛了
可惜太阳回了，
天色黯了，
剩下崎岖汹涌的云山云海，
塞满了天空。

忽地紫波银了，
远树沉了，
竟是黄昏死了，
白月生了，——
但是崎岖汹涌的云山云海，
塞满了天空！

莫愁太阳自落，
睡煞人儿，
且待月亮照着，
唤醒魂儿。
但是崎岖汹涌的云山云海，
寒满了天空！

七月一日

本诗收入诗集《真我集》。

# 笑

朝日里的秋忍不住笑了——
笑出金子来了——
黄金笑在槐树上，
赤金笑在橡树上
白金笑在白皮树上。

硕健的杨树，
裹着件拼金的绿衫，
一只手叉着腰，
守在池边微笑；
矮小的丁香，
躲在墙脚下微笑。

白杨笑完了，
只孤零零地：
竖在石青色的天空里发呆。

成年了的栗叶，
向西风抱怨了一夜，
终于得了自由，
红着脸儿，
笑嘻嘻地脱离了故枝。

本诗原载于1923年2月19日《清华周刊·文艺增刊》第4期。

# 园　内

## 序曲

你开始唱着园内之“昨日”，
请唱得像玉杯跌得粉碎，
血色的酒浆溅污了满地，
然后模拟掌中的细沙
从指缝之间溜出的声响。

你若唱到园内之“今日”，
当唱得像似一溪活水，
在旭日光中淙淙流去；
或如村塾里总角的学童，
走珠似的背诵他的课本。

你若会唱园内之“明日”，
你当想起我们紫白的校旗，
你便唱出风旗飘舞的节奏，
最末，避席起立，额手致敬，
你又须唱得像军乐交鸣。

## I

寂寥封锁在园内了，

风扇不开的寂寥，
水流不破的寂寥。
麻雀呀！叫呀，叫呀！
放出你那箭镝似的音调，
射破这坚固的寂寥！
但是雀儿终于叫不出来，
寂寥还封锁在园内。

在这沉闷的寂寥里，
雨水泡着的朱扉，
才剩下些银红的霞晕：
雨水洗尽了昨日的光荣。
在这沉闷的寂寥里，
金黄釉的琉璃瓦，
是条死龙的残鳞败甲，
飘零在四方上下。

在这阴霾的寂寥里，
大理石、云母石、青琅玕、汉白玉，
龟坼的阶墀，矢折的栏柱……
纵横地卧在蓬蒿丛里，
像是曝在沙场上的战骨。

在这悲酸的寂寥里，
长发的柳树还像宫妃，
瞰在胶凝的池边饮泣，饮泣……
半醒的蜗牛在败壁上
拖出了颠斜错杂的篆文，
仿佛一页写错了的历史。

在这恐怖的寂寥里，

尫瘠的月儿常挂起在松枝上，
像煞一个缢死的僵尸：
在这恐怖的寂寥里，
疯魔的月儿在松枝上缢死。

在这无聊的寂寥里，
坍碎了的王宫变成一座土地庙：
颤怯的农夫鬼物似的，
悄悄地溜进园来，
悄悄地烧了香，磕了头，
又悄悄地溜出园去……
寂寥又封锁在园内了。

寂寥封锁在园内了；
风扇不开的寂寥，
水流不破的寂寥……
一切都是沉闷阴霾，
一切都是悲酸恐怖，
一切都是百无聊赖。

## Ⅱ

好了！新生命胎动了！
寂寥的园内生了瑞芝，
紫的灵芝，白的灵芝，
妆点了神秘的芜园。
灵芝生了，新生命来了！

好了，活泼泼的少年
摩肩接踵地挤进园来了。
饿着脑经，烧着心血，
紧张着肌肉的少年，

从长城东头，穿过山海关，
裹着件大氅，跑进园来了；
从长城西尾，穿过潼关，
坐在驴车里拉进园来了。

从三峡的湍流里救出的少年，
病恹恹地踱进园里来了；
漂过了南海，漂过了东海，
漂过了黄海，漂过了渤海的少年，
摇着团罗扇，闯进园里来了；
风流倜傥的少年
碧衫儿荡着西湖的波色，
翩翩然飘进园里来了。

少年们来了，灵芝生满园内，
一切只是新鲜，一切只是明媚，
一切只是希望，一切只是努力，
灵芝不断地在园内茁放，
少年们不断地在园内努力。

### Ⅲ

于是曙色烘醒了东方，
好像浸渐明晰的思想。
晨鸡叫了，晨星没了
太阳翻身起来了——
金光镀在紫铜盖的穹窿上，
金光燃在龙鳞似的琉璃瓦上，
金光描在高楼顶的旗杆上，
金光洒在战巍巍的松枝上，
金光吻在少年的桃颊上。

少年在太阳的跸道之旁，
瞻望六龙挽着的云辇发轫，
仿佛诚惶诚恐的村童，
遥望着帝王的法驾西幸，
无限的敬仰，无限的欣羡，
充满了他那蒙稚的心灵。

早起的少年危立在假石山上，
红荷招展在他脚底，
旭日烂灿在他头上，
早起的少年对着新生的太阳
如同对着他的严师，
背诵庄周屈子的鸿文，
背诵沙翁弥氏的巨制。

万籁无声，宇宙在敛息倾听，
驯雀飞于平地来倾听，
金鱼浮上池面来倾听——
少年对着新的太阳，
背诵着他的生命的课本。

啊！“自强不息”的少年啊！
谁是你的严师！
若非这新生的太阳？

## IV

于是夕阳涨破了西方，
赤血喋染了宇宙——
不是赔偿罪恶的代价，
乃是生命膨胀之溢流。

赤血喋染了宇宙，
细草伸出舌尖舐着赤血，
绿杨散开乱发沐着赤血。
喷水池抛开螺钿镶的银链，
吼着要锁住窜游的夕阳；
夕阳跌倒在喷水池中，
池中是一盆鲜明的赤血。

红砖上更红的爬墙虎，
紫茎里迸出赤叶的爬墙虎，
仿佛是些血管胀破了，
迸出了满墙的红血斑。

赤血澎涨了夕阳的宇宙，
赤血澎涨了少年的血管。
少年们在广场上游戏，
球丸在太空里飞腾，
像是九天上跳踉的巨灵，
戏弄着熄了的太阳一样。

少年们踢着熄了的太阳，
少年们抛着熄了的太阳，
少年们顶着熄了的太阳，
少年们抱着熄了的太阳：
生命澎涨了少年的血管，
少年们在戏弄熄了的太阳。

夕阳里喧呼着的少年们，
赤铜铸的筋骨，
赤铜铸的精神，
在戏弄熄了的太阳。

## V

于是月儿窥进了东园，
宇宙被清光浸满，
宇宙晶凉的海水一般。
宇宙变了清光之海——
银波迸入了窗棂，
银波泛滥了庭院，
银波弥漫了大自然，
宇宙沉沦在海底里。

那里有杨柳？那里有松桧？
这水似的晶蓝的空气中，
只有些曼舞的海藻，
只有些鹄立的铁珊瑚，
拱抱着巍峨的大礼堂，
龙宫似的庄严灿烂。

龙宫的阊阖是黄金锤出的，
龙宫的楹柱是白玉雕成的。
哦，莫不是水国的仙人——

这清空灵幻的少年
飘摇在龙宫之东，龙宫之西，
那雍容闲雅的少年
蹓跶在龙宫之南，龙宫之北？

少年浮游在海底在，
浮游在清光之海底在，
清光浸入少年的心里，

清光洗在少年的身外。
涤尽浊垢，饮入清光，
少年便是清光之海。

听啊！那里来的歌声？
莫非就是泣珠的鲛人——
莫非是深深海底的鲛人，
坐在紫黑的巉石龛下，
一壁织着愁思之绡，
一壁唱着缠绵之歌？

啊！如此缠绵的歌声，
唱得海水的晶波战栗，
唱得海树的枝叶飕飗，
唱得少年不能仰首，
唱醒了少年的杳恨冥愁。

少年听了缠绵的歌声，
唤起了甜蜜蜜的神圣的绝望，
或是热烘烘的玄秘的隐忧，
一种没由来，没目的，
一知半解的少年愁——
为了茫茫的大千宇宙？
为了滔滔的洪水猛兽？
为了闸不住的情绪之流？
还是抛不下锚的生命之舟？

## Ⅵ

于是月儿愈渐躲入了西园，
楼房的暗影愈渐伸张弥漫，
列着鹅鹳阵的暗影转战而前，

终于占领了凄凉的庭院。

院中垂头丧气的花木，
是被黑暗拘囚的俘虏；
锁在檐下的紫丁香，
锁在墙脚的迎春柳，
含着露珠儿，含着泪珠儿，
莫不是牛衣对泣的楚囚？

画角哀哀地叫了！
悲壮的画角在黑暗里狂吠，
好像激昂的更犬吠着盗贼；
锐利的角声在空中咬着，
咬破了黑暗的魔术，
咬破了少年的美梦，
少年们揎开美梦，跳起榻床，
少年们已和黑暗宣战了。

哦！静夜的角声如何哭了？
将少年们的心脏哭融了，
五百个战士的心脏融成一个。

楼上点着蜡烛，
楼下点着蜡烛，
少年们正在会议，
少年们正在努力。
三旗营的铜磬报尽了五更，
报道黑暗的行程将尽，
少年们啊！再点上一枝蜡烛，
便撑持过了这黑暗的末路！

曙光回了，新生命又来了！
一切又是新鲜，明媚，
一切又是希望，努力。
饿的脑经，烧着心血，
紧张着肌肉的少年们，
凭着希望造出了希望；
活泼泼的少年们，
又在园内不断地努力。

## Ⅶ

然后有一天园内的昨日，
隐入了蒙昧的历史，
园内的今日瓜代了昨日。
然后风云扰攘的天宇
终竟澈体澄清了……
雍穆的蔚蓝临照了一切。
无垠的蔚蓝的天宇
衬出了金碧辉煌的楼阁。

焕丽雄伟的楼阁
像似皇宫帝阙一般——
蓬莱的晓钟鸣了，
文武的千官，戎狄的臣侄，
群在崔嵬的紫宸殿下，
膜拜着文献之王。

肃静森严的楼阁
又似佛寺梵宇一般——
上方的暮磬响了，
意志猛似龙象的僧侣们，
群在理智之佛像前，

焚着虔诚的香火。

哦，文献的宫殿啊！
哦，理智的寺观啊！
矗峙在蔚蓝的天宇中，
你是东方华胄的学府！
你是世界文化的盟坛！

## Ⅷ

飘啊！紫白参半的旗哟！
飘啊！化作云气飘摇着！
白云扶着的紫气哟！
氤氲在这“水木清华”的景物上，
好让这里万人的眼望着你，
好让这里万人的心向着你！

这里万人还在猛烈地工作，
像园内的苍松一般工作，
伸出他们的理智的根爪，
挖烂了大地的肌腠，
撕裂了大地的骨胳。
将大地的神髓吸取，
好向中天的红日泄吐。

这里万人还在静默地工作，
像园外的西山一般工作，
静默地滋育了草木，
静默地进溢了温泉，
静默地驮负了浮图御苑；
春夏他沐着雨露的膏泽，
秋冬他戴着霜雪的伤痕，

但他总是在静默中工作。

这里努力工作的万人，
并不像西方式的机械，
大齿轮绾着小齿轮，
全无意识地转动，
全无目的地转动。
但只为他们的理想工作，
为他们四千年来的理想，
古圣先贤的遗训，努力工作。

云气氤氲的校旗呀！
你在百尺高楼上飘摇着，
近瞩京师，远望长城，
你临照着旧中华的脊骸，
你临照着新中华的心脏。
啊！展开那四千年文化的历史，
警醒万人，启示万人，
赐给他们灵感，赐给他们精神！

云气氤氲的校旗呀！
在东西文化交锋之时，
你又是万人的军旗！
万人肉袒负荆的时间过了，
万人卧薪尝胆的时期过了，
万人要为四千年的文化
与强权霸术决一雌雄！

云气氤氲的校旗呀！
你便是东来的紫气，
你飘出函谷关，向西迈往，

你将挟着我们圣人的灵魂，
弥漫了西土，弥漫了全球！

飘呀！紫白参半的旗呀！
飘呀！化作云气飘摇着！
白云扶着的紫气呀！
氤氲在这“水木清华”的景物上，
莫使这里万人忘了你的意义！
莫使这里万人忘了你的意义！

1923年3月16日二稿

本诗1923年4月原载于《清华十二周年纪念号·清华生活》。

# 渔 阳 曲

白日的光芒照射着朱梦，
丹墀上默跪着双双的桐影。
宴饮的宾客坐满了西厢，
高堂上虎踞着他们的主人，
高堂上虎踞着威严的主人。
丁东，丁东，
沉默弥漫了堂中，
又一个鼓手，
在堂前奏弄，
这鼓声与众不同。
丁东，丁东，
听！你可听得懂?
听！你可听得懂?

银瓈玉碟——尝不遍燕脯龙肝，
鸬鹚杓子泻着美酒如泉……
杯盘的交响闹成铿锵一片，
笑容堆皱在主人的满脸——
啊，笑容堆皱了主人的满脸。
丁东，丁东，
这鼓声与众不同——
它清如鹤唳，

它细似吟蛩；
这鼓声与众不同。
丁东，丁东，
听！你可听得懂？
听！你可听得懂？

你看这鼓手他不像是凡夫，
他儒冠儒服，定然腹有诗书；
他宜乎调度着更幽雅的音乐，
粗笨的鼓棰不是他的工具，
这双鼓棰不是这手中的工具！
丁东，丁东，
这鼓声与众不同——
像寒泉注涧，
像雨打枯桐；
这鼓声与众不同。
丁东，丁东，
听！你可听得懂？
听！你可听得懂？

你看他敲着灵鼍鼓，两眼朝天，
你看他在庭前绕一道长弧线，
然后徐徐地步上了阶梯，
一步一声鼓，越打越酣然——
啊，声声的叠鼓，越打越酣然。
丁东，丁东，
这鼓声与众不同——
陡然成急切，
忽又变沉雄；
这鼓声与众不同。
丁东，丁东，

不同，与众不同！
不同，与众不同！

坎坎的鼓声震动了屋宇：
他走上了高堂，便张目四顾，
他看见满堂缩瑟的猪羊，
当中是一只磨牙的老虎。
他偏要撩一撩这只老虎。
丁东，丁东，
这鼓声与众不同；
这不是颂德，
也不是歌功；
这鼓声与众不同。
丁东，丁东，
不同，与众不同！
不同，与众不同！

他大步地跨向主的席旁，
却被一个班吏匆忙地阻挡；
“无礼的奴才！”这班吏吼道，
“你怎不穿上号衣，就往前瞎闯？
你没穿号衣，就往这儿瞎闯？”
丁东，丁东，
这鼓声与众不同——
分明是咒诅，
显然是嘲弄；
这鼓声与众不同。
丁东，丁东，
听！你可听得懂？
听！你可听得懂？

他领过了号衣，靠近栏杆，
次第的脱了皂帽，解了青衫，
忽地满堂的目珠都不敢直视，
仿佛看见猛烈的光芒一般，
仿佛他身上射出金光一般。
（丁东，丁东）
这鼓手与众不同；
他赤身露体，
他声色不动；
这鼓手与众不同。
（丁东，丁东）
真个与众不同！
真个与众不同！

满堂是恐怖，满堂是惊讶，
满堂寂寞——日影在石栏杆下；
飞起了翩翩一只穿花蝶，
洒落了疏疏几点木犀花，
庭中洒下了几点木犀花。
（丁东，丁东）
这鼓手与众不同——
莫不是酾醉？
莫不是癫疯？
这鼓手与众不同。
（丁东，丁东）
定当与众不同！
定当与众不同！

苍黄的号褂，露出一只赤臂，
头颅上高架着一顶银盔，——
他如今换上了全副的装束，

如今他才是一个知礼的奴才，
他如今才是一个知礼的奴才。
丁东，丁东，
这鼓声与众不同——
像狂涛打岸，
像霹雳腾空；
这鼓声与众不同。
丁东，丁东，
不同，与众不同！
不同，与众不同！

他在主人的席前左右徘徊，
鼓声愈渐激昂，越加慷慨；
主人停了玉杯，住了象箸，
主人的面色早已变作死灰，
啊，主人的面色为何变作死灰？
丁东，丁东，
这鼓声与众不同——
擂得你胆寒，
挝得你发耸；
这鼓声与众不同。
丁东，丁东，
不同，与众不同！
不同，与众不同！

猖狂的鼓声在庭中嘶吼，
主人的羞恼哽塞在咽喉，
主人将唤起威风，呕出怒火，
谁知又一阵鼓声扑上心头，
把他的怒火扑灭在心头。
丁东，丁东，

这鼓声与众不同——
像鱼龙走峡，
像兵甲交锋；
这鼓声与众不同。
丁东，丁东，
不同，与众不同！
不同，与众不同！

堂下的鼓声忽地笑个不止，
堂上的主人只是坐着发痴；
洋洋的笑声洒落在四筵，
鼓声笑破了奸雄的胆子——
鼓声又笑破了主人的胆子！
（丁东，丁东）
这鼓手与众不同——
席上的主人
一动也不动；
这鼓手与众不同。
（丁东，丁东）
定当与众不同！
定当与众不同！

白日的残辉绕过了雕楹，
丹墀上没有了双双的桐影。
无聊的宾客坐满了两厢，
高堂上呆坐着他们的主人，
高堂上坐着丧气的主人。
（丁东，丁东）
这鼓手与从不同——
惩斥了国贼，
庭辱了枭雄；

这鼓手与从不同。
（丁东，丁东）
真个与众不同！
真个与众不同！

本诗原载于1925年3月《小说月报》第16卷第3号。

# 大　暑

今天是大暑节，我要回家了。
今天的日历他劝我回家了。
他说家乡的大暑节
是斑鸠唤雨的时候
大暑到了，湖上飘满紫鸡头。
大暑正是我回家的时候。

我要回家了，今天是大暑；
我们园里的丝瓜爬上了树，
几多银丝的小葫芦，
吊在藤须上巍巍颤，
初结实的黄瓜儿小得像橄榄，……
啊！今年不回家，更待那一年？

今天是大暑，我要回家了！
燕儿坐在桁梁上头讲话了；
科头赤脚的村家女，
门前叫道卖莲蓬；
青蛙闹在画堂西，闹在画堂东，……
今天不回家辜负了稻香风。

今天是大暑，我要回家去！
家乡的黄昏里尽是盐老鼠[①]，
月下乘凉听打稻，
卧看星斗坐吹箫；
鹭鸶偷着踏上海船来睡觉，
我也要回家了，我要回家了！

十三（1924）年夏美国珂泉

本诗原载于1925年4月1日《京报》副刊第106号。

①作者家乡称蝙蝠为盐老鼠。

# 闺中曲

墙头还洒着淅沥的余滴，
夕阳浸在泥洼中的积潦里，
寂寞的空阶呆立着一个伊——
“人儿！人儿！”伊叹道，
“我几时，几时才能看见你？”

横斜的雁字没入了天河，
寒雁的呼声从伊心中穿过；
于是悲哀沉淀在伊的心窝，
“天啊！天啊！”伊叫道，
“你为什么，为什么生了我！”

瘖哑的自鸣钟负墙而立。
时间是无涯的厌倦和烦累。
伊站在生死的门限上犹夷：
“悲哀！悲哀！”伊想道，
“我将永远，永远结束了你！”

摇篮里忽然呱呱的啼哭，
仿佛是黑夜里声声的更鼓，
把伊从一场恶梦之中救出。
“儿啊！儿啊！”伊哭道，
“教我如何，如何死得下去！”

本诗原载于1925年4月5日《晨报副刊·文学旬刊》第66号。

# 醒　　呀!

（众）天鸡怒号，东方已经白了，
庆云是希望开成五色的花
醒呀，神勇的大王，醒呀!
你的鼾声真和缓得可怕。

他们说长夜闭熄了你的灵魂，
长夜的风霜是致命的刀。
熟睡的神狮呀，你还不醒来?
醒呀，我们都等候得心焦了!

（汉）我叫五岳的山禽奏乐，
我叫三江的鱼龙舞蹈。
醒呀!神的元首，醒呀!

（满）我献给你长白的驯鹿，
我献给你黑龙的活水。
醒呀!勇武的单于，醒呀!

（蒙）我有大漠供你的驰骤。
我有西套作你的庖厨，
醒呀!伟大的可汗，醒呀!

（回）我给你筑碧玉的洞宫，
我请你在葱岭上巡狩。
醒呀！神圣的苏丹，醒呀！

（藏）我吩咐喇嘛日夜祷求，
我焚起麝香来欢迎你。
醒呀！庄严的活佛，醒呀！

（众）让这些祷词攻破睡乡的城，
让我们把眼泪来浇醒你。
威严的大王呀，你可怜我们！
我们的灵魂儿如此的战栗！

醒呀！请扯破了梦魔的网罗。
神州给虎豹豺狼糟蹋了。
醒了罢！醒了罢！威武的神狮！
听我们在五色旗下哀号。

这些是历年旅外因受尽帝国主义的闲气而喊出的不平的呼声；本已交给留美同人所办一种鼓吹国家主义的杂志名叫《大江》的了。但目下正值帝国主义在沪汉演成这种惨剧，而《大江》出版又还有些日子，我把这些诗找一条捷径发表了，是希望他们可以在同胞中激起一些敌忾，把激昂的民气变得更加激昂。我想《大江》的编缉必能原谅这番苦衷。

作者

本诗原载于1925年6月27日《现代评论》第2卷第29期。

# 七子之歌

邶有七子之母不安其室。七子自怨自艾，冀以回其母心。诗人作《凯风》以愍之。吾国自尼布楚条约迄旅大之租让，先后丧失之土地，失养于祖国，受虐于异类，臆其悲哀之情，盖有甚于《凯风》之七子。因择其与中华关系最亲切者七地，为作歌各一章，以抒其孤苦亡告，眷怀祖国之哀忱，亦以励国人之奋兴云尔。国疆崩丧，积日既久，国人视之漠然。不见夫法兰西之 Alsace—Lorraine①耶？“精诚所至，金石能开。”诚如斯，中华“七子”之归来其在旦夕乎！

### 澳门

你可知“妈港”不是我的真名姓？……
我离开你的襁褓太久了，母亲！
但是他们掳去的是我的肉体，
你依然保管着我内心的灵魂。
三百年来梦寐不忘的生母啊！
请叫儿的乳名，叫我一声“澳门”！
母亲！我要回来，母亲！

①阿尔萨斯—洛林，法国北部地名。

## 香港

我好比凤阙阶前守夜的黄豹，
母亲呀，我身份虽微，地位险要。
如今狞恶的海狮扑在我身上，
啖着我的骨肉，咽着我的脂膏；
母亲呀，我哭泣号啕，呼你不应。
母亲呀，快让我躲入你的怀抱！
母亲！我要回来，母亲！

## 台湾

我们是东海捧出的珍珠一串，
琉球是我的群弟我就是台湾。
我胸中不氲氤着郑氏的英魂，
精忠的赤血点染了我的家传。
母亲，酷炎的夏日要晒死我了；
赐我个号令，我还能背城一战。
母亲，我要回来，母亲！

## 威海卫

再让我看守着中华最古的海，
这边岸上原有圣人的丘陵在。
母亲，莫忘了我是防海的健将，
我有一座刘公岛作我的盾牌。
快救我回来呀，时期已经到了。
我背后葬的尽是圣人的遗骸！
母亲！我要回来，母亲！

## 广州湾

东海和硇洲是一双管钥，
我是神州后门上的一把铁锁。

你为什么把我借给一个盗贼？
母亲呀，你千万不该抛弃了我！
母亲，让我快回到你的膝前来，
我要紧紧的拥抱着你的脚髁。
母亲！我要回来，母亲！

**九龙**

我的胞兄香港在诉他的苦痛，
母亲，可记得你的幼女九龙？
自从我下嫁给那镇海的魔王，
我何曾有一天不在泪涛汹涌！
母亲，我天天数着归宁的吉日，
我只怕希望要变作一场空梦。
母亲！我要回来，母亲！

**旅顺，大连**

我们是旅顺，大连，孪生的兄弟。
我们的命运应该如何的比拟？——
两个强邻将我们来回的蹴踢，
我们是暴徒脚下的两团烂泥。
母亲，归期到了，快领我们回来。
你不知道儿们如何的想念你！
母亲！我们要回来，母亲！

本诗原载于1925年7月4日《现代评论》第2卷第30期。

# 长城下之哀歌

啊！五千年文化的纪念碑哟！
伟大的民族的伟大的标帜！……
哦，那里是赛可罗坡的石城？
那里是贝比楼？那里是伽勒寺？
这都是被时间蠹蚀了的名词；
长城？肃杀的时间还伤不了你。

长城啊！你又是旧中华的墓碑，
我是这墓中的一个孤鬼——
我坐在墓上痛哭，哭到地裂天开，
可才能找见旧中华的灵魂，
并同我自己的灵魂之所在？……
长城啊！你原是旧中华的墓碑！

长城啊！老而不死的长城啊！
你还守着那九曲的黄河吗？
你可听见他那消沉的脉搏？
你的同僚怕不就是那金字塔？
金字塔，他虽守不住他的山河，
长城啊！你可守得住你的文化！

你是一条身长万里的苍龙，

你送帝轩辕升天去回来了，
偃卧在这里，头枕沧海，尾蹋崑崙，
你偃卧在这里看护他的子孙。
长城啊！你可尽了你的责任？
怎么黄帝的子孙终于“披发左衽！”

你又是一座曲折的绣屏：
我们在屏后的华堂上宴饮——
日月是我们的两柱纱灯，
海水天风和着我们高咏，
直到时间也为我们驻辔流连，
我们便挽住了时间放怀酣寝。

长城！你为我们的睡眠担当保障；
待我们睡锈了我们的筋骨，
待我们睡忘了我们的理想，
流贼们忽都爬过我们的围屏，
我们那能御抗？我们只得投降，
我们只得归附了狐群狗党。

长城啊！你何曾隔阂了匈奴，吐蕃？
你又何曾障阻了辽，金，金，满？……
古来只有塞下的雪没马蹄，
古来只有塞上的烽烟云卷，
古来还有胡骢载着一个佳人，
抱着琵琶饮泣，驰出了玉关！……

唉！何须追忆得昨日的辛酸！
昨日的辛酸怎比今朝的劫数？
昨日的敌人是可汗，是单于，
都幸而闯入了我们的门庭，

洗尽腥羶攀上了文明的坛府，——
昨日的敌人还是我们的同族。
但是今日的敌人，今日的敌人，
是天灾？是人祸？是魔术？是妖氛？
哦，铜筋铁骨，嚼火漱雾的怪物，
运输着罪孽，散播着战争，……
哦，怕不要扑熄了我们的日月，
怕不要捣毁了我们乾坤！

啊！从今那有珠帘半卷的高楼，
镇日里睡鸭焚香，龙头泻酒，
自然歌稳了太平，舞清了宇宙？
从今那有石坛丹灶的道院，
一树的碧阴，满庭的红日，——
童子煎茶，烧着了枯藤一束？

那有窗外的一树寒梅，万竿斜竹，
窗里的幽人抚着焦桐独奏？
再那有荷锄的农夫踏着夕阳，
歌声响在山前，人影没入山后？
又那有柳荫下系着的渔舟，
和细雨斜风催不回去的渔叟？

哦，从今只有暗无天日的绝壑，
装满了么小微茫的生命，
像黑蚁一般的，东西驰骋，——
从今只有半死的囚奴，鹄面鸠形，
抱着金子从矿坑里爬上来，
给吃人的大王们献寿谢恩。

从今只有数不清的烟突，

仿佛昂头的毒蟒在天边等候，
又像是无数惊恐的恶魔，
伸起了巨手千只，向天求救；
从今瞥着万只眼睛的街市上，
骷髅拜骷髅，骷髅赶着骷髅走。

啊！你们夸道未来的中华，
就夸道万里的秦岭蜀山，
剖开腹脏，泻着黄金，泻着宝钻；
夸道我们铁路络绎的版图，
就像是网脉式的楮叶一片，
停泊在太平洋的白浪之间。

又夸道麕载归来的战舰商轮，
载着金的，银的，形形色色的货币，
镌着英皇乔治，美总统林肯，
各国元首的肖像，各国的国名；
夸道西欧的海狮，北美的苍隼，
俯道锻翮，都在上国之前请命。

你们夸道东方的日耳曼，
你们夸道又一个黄种的英伦，——
哈哈！夸道四千年文明神圣，
俛首帖耳的堕入狗党狐群！
啊！新的中华吗？假的中华哟！
同胞啊！你们才是自欺欺人！

哦，鸿荒的远祖——神农，黄帝！
哦，先秦的圣哲——老聃，宣尼！
吟着美人香草的爱国诗人！
饿死西山和悲歌易水的壮士！

哦，二十四史里一切的英灵！
起来呀，起来呀，请都兴起，——

请鉴察我的悲哀，做我的质证，
请来看看这明日的中华——
庶祖列宗啊！我要请问你们：
这纷纷的四万万走肉行尸，
你们还相信是你们的血裔？
你们还相信是你们的子孙？

神灵的祖宗啊！事到如今，
我当怨你们筑起这各种城寨，
把城内文化的种子关起了，
不许他们自由飘播到城外，
早些将礼义的花儿开遍四邻，
如今反教野蛮的荆棘侵进城来。

我又不懂这造物之主的用心，
为何那里摊着荒绝的戈壁，
这里架起一道横天的葱岭，
那里又停着浩荡的海洋，
中间藏着一座蓬莱仙境，
四周围又堆伏着魍魉猩猩？

最善哭的太平洋！只你那容积，
才容得下我这些澎湃的悲思。
最宏伟，最沉雄的哀哭者哟！
请和着我放声号咷地哭泣！
哭着那不可思议的命运，
哭着那亘古不灭的天理——

哭着宇宙之间必老的青春，
哭着有史以来必散的盛筵，
哭着我们中华的庄严灿烂，
也将永远永远地烟消云散。
哭啊！最宏伟，最沉雄的太平洋！
我们的哀痛几时方能哭完？

啊！在麦垅中悲歌的帝子！
春水流愁，眼泪洗面的降君！
历代最伤心的孤臣节士！
古来最善哭的胜国遗民！
不用悲伤了，不用悲伤了，
你们的丧失究竟轻微得很。

你们的悲哀算得了些什么？
我的悲哀是你们的悲哀之总和。
啊！不料中华最末次的灭亡，
黄帝子孙最澈底的堕落，
毕竟要实现於此日今时，
毕竟在我自己的眼前经过，

哦，好肃杀，好尖峭的冰风啊！
走到末路的太阳，你竟这般沮丧！
我们中华的名字镌在你身上；
太阳，你将被这冰风吹得冰化，
中华的名字也将冰得同你一样？
看啊！猖獗的冰风！狼狈的太阳！

哦，你一只大雕，你从那里来的？
你在这铅铁的天空里盘飞；
这八达岭也要被你占了去，

筑起你的窠巢，蕃殖你的族类？
圣德的凤凰啊！你如何不来，
竟让这神州成了恶鸟的世界？

雹雪重载的冻云来自天涯，
推揎着，摩擦着，在九霄争路
好像一群激战的天狼互相鏖杀
哦，冻云涨了，滚落在居庸关下，
苍白的冻云之海弥漫了四野，——
哎呀！神州啊！你竟陆沉了吗？

长城啊！让我把你也来撞倒，
你我都是赘疣，有些什么难舍？
哦，悲壮的角声，送葬的角声，——
画角啊！不要哀伤，也不要诅骂！
我来自虚无，还向虚无归去，
这堕落的假中华不是我的家！

本诗原载于1925年7月15目《大江季刊》第1卷第1期。

# 我是中国人

我是中国人，我是支那人，
我是黄帝的神明血胤，
我是地球上最高处来的，
帕米尔便是我的原籍。

我的种族是一条大河，
我们流下了崑崙山坡，
我们流过了亚洲大陆，
我们流出了优美的风俗。

伟大的民族，伟大的民族！
五岳一般的庄严正肃，
广漠的太平洋的度量，
春云的柔和，秋风的豪放！

我们的历史可以歌唱，
他是尧时老人敲着木壤，
敲出来的太平的音乐，——
我们的历史是一首民歌。

我们的历史是一只金罍，
盛着帝王祀天的芳醴——

我们敬天我们顺天[①]，
我们是乐天安命的神仙。

我们的历史是一掬清泪，
孔子哀掉死麒麟的泪；
我们的历史是一阵狂笑，
庄周，淳于髡，东方朔的笑。

我是中国人，我是支那人，
我的心里有尧舜的心，
我的血是荆轲聂政的血，
我是神农黄帝的遗孽。

我的智慧来得真离奇，
他是河马献来的馈礼；
我这歌声中的节奏，
原是九苞凤凰的传授。

我心头充满戈壁的沉默，
脸上有黄河波涛的颜色，
泰山的石霤滴成我的忍耐，
峥嵘的剑阁撑出我的胸怀。

我没有睡觉！我没有睡觉！
我心中的灵火还在燃烧；
我的火焰他越烧越燃，
我为我的祖国烧得发颤。

我的记忆还是一根麻绳，
绳上束满了无数的结梗；
一个结子是一桩史事——
我便是五千年的历史。

①本句在1925年7月25日再次在《现代评论》上刊载时改为：“我们敬天，我们又顺天。”

我是过去五千年的历史，
我是将来五千年的历史。
我要修葺这历史的舞台，
预备排演历史的将来。

我们将来的历史是一首歌①，
还歌着海晏河清的音乐；
我们将来的历史是一杯酒，
又在金罍里给皇天献寿。

我们将来的历史是一滴泪，
我的泪洗尽人类的悲哀。
我们将来的历史是一声笑，
我的笑驱尽宇宙的烦恼。

我们是一条河，一条天河，
一派浑浑噩噩的光波——
我们是四万万不灭的明星，
我们的位置永远注定。

伟大的民族！伟大的民族！
我是东方文化的鼻祖；
我的生命是世界的生命。
我是中国人，我是支那人！

本诗原载于1925年7月15日《大江季刊》第1卷第1期。

①本节一、三句的“一首歌”、“一杯酒”及下节一、三句的“一滴泪”、“一声笑”，在再次刊载于《时代评论》时均删去“一”字。

# 爱国的心

我心头有一幅旌旆
没有风时自然摇摆；
我这幅抖颤的心旌
上面有五样的色彩。

这心腹里海棠叶形
是中华版图的缩本；
谁能偷去伊的版图？
谁能偷得去我的心？

本诗原载于1925年7月15日《大江季刊》第1卷第1期[①]。

①本诗又刊载在《现代评论》1925年7月11日第2卷第31期，发表时目录标题为《爱国心》。

# 故乡

先生，先生，你到底要上那里去?
你这样的匆忙，你可有什么事?

我要看还有没有我的家乡在;
我要走了，我要回到望天湖边去。
我要访问如今那里还有没有
白波翻在湖中心，绿波翻在秧田里，
有没有麻雀在水竹枝头耍武艺。

先生，先生，世界是这样的新奇;
你不在这里遨游，偏要那里去?

我要探访我的家乡，我有我的心事:
我要看孵卵的秧鸡可在秧林里，
泥上可还有鸽子的脚儿印“个”字，
神山上的白云一分钟里变几次，
可还有燕儿飞到人家堂上来报喜。

先生，先生，我劝你不要回家去;
世间只有远游的生活是自由的。

游子的心是风霜剥蚀的残碑，

碑上已经漶漫了家乡的字迹，
哦，我要回家去，我要赶紧回家去
我要听门外的水车终日作鼍鸣，
再将家乡的音乐收入心房里。

先生，先生，你为什么要回家去?
世上有的是荣华，有的是智慧。

你不知道故乡有一个可爱的湖，
常年总有半边青天浸在湖水里。
湖岸上有兔儿在黄昏里觅粮食，
还有见了兔儿不要追的狗子——
我要看如今还有没有这种事。

先生，先生，我越加不能懂你了，
你到底，到底为什么要回家去?

我要看家乡的菱角还长几根刺，
我要看那里一根藕里还有几根丝。
我要看家乡还认识不认识我——
我要看坟山上添了几块新碑石，
我家后园里可还有开花的竹子[①]。

本诗原载于1925年8月29日《晨报副刊》第1260号。

①俗称竹子开花是凶事的兆朕。

# 回来了

这真是说不出的悲喜交集——
滚滚的江涛向我迎来，
然后这里是青山，那里是绿水……
我又投入了祖国的慈怀！

你莫告诉我这里是遍体疮痍，
你没听见麦浪翻得沙沙响？
这才是我的家乡我的祖国：
打盹的雀儿钉在牛背上。

祖国啊！今天我分外的爱你……
风呀你莫吹，浪呀你莫涌，
让我镇定一会儿，镇定一会儿；
我的心儿他如此的怔忡！

你看江水俨然金一般的黄，
千樯的倒影蠕在微澜里。
这是我的祖国，这是我的家乡，
别的且都不必提起。

今天风呀你莫吹，浪呀你莫涌。
我是刚才刚才回到家。
祖国呀，今天我们要分外亲热；
请你有泪儿今天莫要洒。

这真是说不出的悲喜交集；
我又投入了祖国的慈怀。
你看船边飞着簸谷似的浪花，
天上飘来仙鹤般的云彩。

本诗原载于1925年8月13日《晨报副刊》第1249号。

# 叫卖歌

朦胧的曲巷群鸦唤不醒，
东方天上只是一块黄来一块青。
这是谁催少妇上梳妆？——
　　“白兰花！白兰花！”
　　声声落入玻璃窗。

桐阴摊在八尺的高墙底，
“知了”停了，一阵饭香飘到书房里。
忽把孩儿的午梦惊破了——
　　“薄荷糖！薄荷糖！”
　　小锣儿在墙角敲。

市声像沸水在铜壶里响，
半壁金丝是竹帘筛进的淡斜阳。
这是谁遮断先生的读书声？——
　　“老莲蓬！老莲蓬！”
　　满担清香挑进门。

黄昏要拥住全城去安歇，
纷飞的蝙蝠彷佛是风催落叶。
这时谁将神秘载满老人心？
　　你听啦！你听啦！
　　算命瞎子拉胡琴。

本诗原载于1925年9月19日《晨报副刊》第48期。

# 纳履歌

桥下的菖蒲拜折了腰。
半日没有鸡鸡儿叫。
秋天的河流分外的细，——
一线银丝在沙上洗。

少年的张良是无事忙，
狂奔不向着前途望；
忽然听见了咳嗽一声，
想是只白鹭吃了一惊。

抬头瞧见一个老人样，
板桥底边晒太阳，
脱下了破鞋往板桥下摔，
喊一声“小子拾起来！”

张良的心头上火星飞，
身边恨没有大铁椎：
祖龙在我手下逃生命，
老头儿你是什么人？

老头儿对着他微微笑，
笑得他心寒怒火消……

本来古礼尊尚白头发，
我张良应分服侍他。

河底拾起了老人的鞋，
老人讲：“替我穿起来！”
老人的尊严比皇帝大，
谁敢不听老人的话？

张良双膝跪落心跪落，
捧鞋送上老人的脚，
只觉老人伟大自身小，
彷佛是鲲鹏比鴳鶉。

“孺子可教！孺子你记着：
再过了五天来会我。”
瞥眼之间不见老人身，
老人不是寻常的人！

秋天的河流分外的细，——
一线银丝在沙上洗。
桥下的菖蒲拜折了腰，
半日没有鸡鸡儿叫。

本诗原载于1925年10月5日《晨报副镌》第49期。

# 南海之神

——中山先生颂

## 一　神之降生

炎风煽惑了龃龉的波浪；
海水熬成了一锅热油——
大波噬著小澜，惊涛扑着骇浪。
妖云在摇旗，迅雷在呐喊，
天是精铜的破镜一面；
世界要变成一场大血战。
贝阙里的老龙睡得不安，
彷佛听见了一阵隐约的哭声，
像是九霄外的哀鸿航过。
慈悲的泪在他脸上开成了珠花。
忽地他长啸一声——天昏地黑，
南海岸上一个婴儿堕地了！

婴儿醒了，呱呱的哭声
载满了一个民族的悲哀。
婴儿又睡了，沉默笼罩着宇宙。
于是蔚蓝的高天是父的庄严，
葱绿的大地是母的慈爱。
于是畏惧坐镇在人之心上；
鸟儿的歌声涌到喉间又吞了下去，

花瓣儿浮在空中不敢坠落……
一切的都敛息屏声，
护持着这新生命的睡眠，
倾听着这新脉搏的节奏。
一切的生命都要让开路来，
尽这一道新生命往前先走。

于是宇宙万物尽他们所有的
都献给他作为庆贺的仪程了：
巍峨的五岳献给他庄严；
瞿塘滟滪的石壁献给他坚忍；
从深山峭谷里探出路径，
捣石成沙，撞断巫山十二峰，
奔流万里，百折不回的扬子江，
献给他寰球三大毅力之一。
浩荡的太平洋献给他度量，
轻身狎浪的海鸥又献给他冒险精神。
谁献给他慈蔼的美德？——
说苏了小草的春雨和吹着麦浪的熏风；
谁献给他先觉的智慧——踞阜的晨鸡；
谁献给他决斗的精神——负隅的困兽。
九月的雷霆献给他震怒；
日月星辰献给他洞察的眼光；
然后造物者又把创造的全能交付给他了。

于是全宇宙长在一个人的躯壳里了；
啊！一个宇宙在人间歌哭言笑！
一个宇宙在人间奔走呼号！——
于是赤县神州有一个圣人
同北邻建树赤帜的圣人比肩，

同西邻的Mahatma[①]争衡，
同太平洋彼岸上为一个奴隶民族
解脱了枷锁的圣人并驾齐驱！

## 二　纪元之创造

百尺的朱门关闭了五千年；
黑色的苔癣侵蚀了雕梁画栋，
野蜂在兽环的口里作了巢，
屋脊上的飞鱼、鸱吻、铜雀、宝瓶，……
狼藉在臭秽的壕沟里。
宇宙乘除了五千个春秋，
积尘瘗没了浮钜钉[②]，
百尺的朱门依然没有人来开启。
风雨如晦鸡鸣不已的时候，
忽然来了一个愁容满面的巨人，
擎着一只熊熊的火把，
走上门前拍一拍门环，叫一声：
“开门呀！”
一阵蝙蝠从砖缝瓦罅里飞出来了；
失了胶黏力的灰泥垩粉
纷纷的洒落在他头上。
他又叫一声，连叫几声，……
他耳边但有危梁攲柱解体脱节的异响，
总听不见膺门的人声。

① Mahatma，圣雄。
② “浮钜钉”似乎是“浮沤钉”的误写。

滚滚的热泪流到喉咙里来了，
他将热泪咽下了，又大叫数声，
在门扇上拳椎脚踢，
在门扉上拳椎脚踢，
他吼声如雷，他洒泪如雨，……
全宇宙的震怒在他身中烧着了。
他是一座洪炉——他是烘炉中的一条火龙，
每一颗鳞甲是一颗火星，
每一条须髯是一条火焰。
时期到了！时期到了！他不能再思了！
于是他挥起巨斧，巨斧在他手中抖颤——
摩天的巨斧像山岳一般倒下来了，
訇的一声——阊阖洞开了！
訇的一声——飞昂折倒了！
訇的一声——黄阙丹墀变成齑粉了！
于是在第二个盘古的神斧之下，
五千年的金龙宝殿一扫而空——
前五千年的盘踞地禅让给后五千年了。
于是中华的圣人创造了一个新纪元，
这圣人是我们中华历史上的赤道，
他的前面是一个半球，
他的后面又是一个半球，
他是中华文化的总枢纽，
他转斡了四万万生灵的命运。

## 三　祈祷

神通广大的救星啊！请你听！
请将神光辐射的炬火照着我们；

勇武聪睿的主将啊！请你听！
请将你的大纛掩覆我们颤栗的灵魂，
仓公扁鹊——起死回生的国手啊！
请用神灵的刀圭铲除了这遍体的疮痍；
仁爱的牧者啊！我们是亡告的羊群，
豺狼当道，请你保护我们的生命！

我们虽是不肖的儿女，背恩的奴隶——
我们自身鄙吝反而猜疑你的恩惠，
自身愚蠢因之妒嫉你的聪明；
但是神明宽厚的主将啊！
请你宽赦我们！请你饶恕我们，
让我们流出忏悔的血泪洗你心上的伤痕，
让这四万万颗赤心都焚起一瓣自新的心香，
让心香的馥郁熏灭了你的悲酸的记忆。
广大无边，海函地负的精神啊，
让我们忏悔，让我们忏悔！

我们祸孽深重，我们万死不容，
你本不当赐给我们非分的原宥。
我们是龌龊的虮虱一群，
我们嘬饮你的血汗来滋养自身的肌肉。
你的神炬作了我们夜劫的火把，
你的战旗是我们行凶时护身的符箓。
你的名字在我们脚下踩成笑柄。
我们都是你的罪人！

你是行天的赤日，光明的输送者，
我们是蜀山中的村犬，
我们在黯谷中生活，反而狂吠你的光明。
我们是饕餮的鸱鸮剥啄着腐鼠，

你是高洁的鵷雏从我们头上飞过，
我们的猜忌便迸作毒狠的诅骂。
我们是商受不懂圣人的心如何构造，
便将你的心剜了出来查验他的孔窍。
我们戏谑你到了不堪的程度。
哦，让我们忏悔！让我们忏悔！

让洞庭的波涛涤祛我们的罪恶！
让九天的黑云掩着我们的羞耻！
让十八层地狱的火烧着我们的心脏！
让峨嵋，剑阁和青泥的四万八千哀猿
同声叫着[①]，叫出我们的酸悲！……
哦，让我们忏悔！让我们忏悔！

哦，神秘伟大的灵魂啊！
你戴着痛苦如同戴着荣华一般——
荆棘之冠在你头上变成璀璨的玉冕；
悲哀之泪像倒流的弱水，
流到你心中潴成了仁爱的仙海；……
你是那样的神秘！那样的伟大！
你定让我们忏悔，让我们忏悔。

神秘伟大的神灵啊！
让我们赞美你！让我们膜拜你！
让我们从你身上支取力量，
因为你是四万万华胄的力量之结晶。
让我们从你身上看到中华昨日的伟大，
从你身上望到中华明日的光荣——

①“同听叫着”疑为“同声叫着”。

让我们的希望从你身上发生。
伟大的神！仁爱的神！勇武的神啊！
让我们赞美你！让我们礼拜你！
但是先让我们忏悔！先让我们忏悔！

本诗原载于1925年10月15日《大江季刊》第1卷第2期。

# 秦始皇帝

荆轲的匕首，张良的大铁椎，
是两只苍蝇从我眼前飞过。
我肋骨槛里囚着一只黑狼，
这一只黑狼它终于杀了我。

我吞噬了六国来喂这黑狼，
黑狼喂肥了，反来吞噬了我；
我筑起阿房来让黑狼游戏，
他游倦了，我们一齐都睡着。

如今什么也惊不醒我们了，
钜鹿的干戈和咸阳城的火……
多情的刺猬抱着我的骷髅，
十丈来的青蛇缠着我的脚。

本诗原载于1925年12月1日《〈晨报〉七周年纪念增刊》。

# 抱　怨

我拈起笔来在手中玩弄，
空中便飞来了一排韵脚；
我不知如何的摆布它们，
只希望能写出一些快乐。
我听见你在窗前咳嗽，
不由的写成了一首悲歌。

上帝将要写我的生传；
展开了我的生命之纸，
不知要写些什么东西，
许是灾殃，也许是喜事。
你硬要加入你的姓名，
他便写成了一篇痛史。

本诗原载于1925年12月1日《〈晨报〉七周年纪念增刊》。

# 唁　词

——纪念三月十八日的惨剧

没有什么！父母们都不要号咷！
兄弟们，姊妹们也都用不着悲恸！
这青春的赤血再宝贵也没有了，
盛着他固然是好，泼掉了更有用。

要血是要他红，要血是要他热；
那脏完了，冷透了的东西谁要他？
不要愤嫉，父母，兄弟和姊妹们！
等着看这红热的开成绚烂的花。

感谢你们，这么样丰厚的仪程！
这多年的宠爱，矜怜，辛苦和希望。
如今请将这一切的交给我们，
我们要永远悬他在日月的边旁。

这最末的哀痛请也不要吝惜。
（这一阵哀痛可磔碎了你们的心！）
但是这哀痛的波动却没有完，
他要在四万万颗心上永远翻腾。

哀恸要永远咬住四万万颗心，
那么这哀痛便是忏悔，便是惕警。
还要把馨香缭绕，俎豆来供奉！
哀痛是我们的启示，我们的光明。

本诗原载于1926年3月25日《国魂周刊》第10期。

# 欺负着了

你怕我哭？我才不难受了；
这一辈子我真哭得够了！
那儿有的事？——三年哭两个，
谁家的眼泪有这么样多？

我一个寡妇，又穷又老了，
今日可给你们欺负着了！

你，你为什么又往家里跑？
再去，去送给他们杀一刀！
看他们的威风有多么大……
算我白养了你们哥儿仨。

我爽兴连这个也不要了，
就算我给你们欺负着了！

为着我教你们上了学校，
没有教你们去杀人绑票——
不过为了这点铓，这点错，
三个儿子整杀了我两个。

这仇有一天我总得报了，

我不能给你们欺负着了！

好容易养活你们这般大，
凭什么我养的让他们杀？
我倒要问问他们这个理，
问问他们杀了可赔得起？……

杀了我儿子，你们就好了？……
我可是给你们欺负着了！

老大为他们死给外国人，
老二帮他们和洋人拚命——
帮他们又被他们活杀死，
这到底到底是怎么回事！

三儿还帮不帮你们闹了？……
我总算给你们欺负着了！

你也送去给他们杀一刀，
杀完了就再没有杀的了！
世界上有儿子的多得很，
我要看他们杀不杀得尽！

我真是给你们欺负恼了！
我可不给你们欺负着了？

本诗原载于1926年4月1日《晨报副镌·诗镌》第1号。

# 比　　较

别人的春光歌舞着来，
鸟啼花发鼓舞别人的爱。
我们只有一春苦雨与凄风！
总是桐花暗淡柳惺忪；
我们和别人同不同？

我的人儿她不爱说话，
书斋里夜夜给我送烟茶。
别人家里灯光像是泼溶银，
吴歌楚舞不肯放天明——
我们怎能够比别人？

别人睡向青山去休息，
我们也一同走入黄泉里。
别人堂上的燕子找不到家，
飞到我们的檐前骂落花——
我们比别人差不差？

本诗原载于1926年4月8日《晨报副镌·诗镌》第2号。

# 鸟 语

——送友人南归

他们把我关在囚笼里，
可是这囚笼没有墙壁：——
削瘦的栏杆围在四旁，
一根根都像白骨一样。

这些栏杆中间的罅缝，
不知道到底有什么用：
为他们好看我的羽翰，
还是让我好望见青天？

也许是仙鹤似的白云，
驶过了蓝宝石的天心，
也许是白云似的仙鹤，
从赤日的轮盘边晃过。

天上既有飞动的东西，
我怎当辜负我的羽翼？
你看我也打破了监牢；
我原是一只能飞的鸟！

于今回到了我的家乡，
我也该晾晾我的翅膀，……
吓，这根柳条真个轻软，
这满塘春水明镜一般。

江南的山林幽深得很，
山上的白云分外氤氲：
明朝你听见歌声如缕，
你怎知道我身在何处！

本诗原载于1926年5月6日《晨报副镌·诗镌》第6号。

# 贡　献

红灯下我陪你们醉酒，
沙发上我敬给你们两枝香烟，
我陪着你们坐车子，走路，吃饭，
彷佛一天天我也有我的贡献。

给你们让着路，点着头，
你们打扮好了，我替你们惊羡，
你们跟来了，我抛下一只铜板——
不要误会了这就是我的贡献。

有时悲哀抓着了我的心，
我能为人类的苦痛捏一把汗，
我能哭得像婴孩，在一刹那间——
这刹那间才是我最伟大的贡献！

本诗原载于1927年5月21日上海《时事新报·学灯》。

# 答　　辩

挂彩的荣华我当不起，
没有圆光往我头上箍，
旌旗铙鼓不是我的份，
我道上不许用黄土铺。

不许矜骄镀我成金身，
我拒绝“成功”见我一面；
双手掀住挣扎的纷忙，
我对着黎明，也不要看。

锦袍的庄严交给别人，
流汗的快乐得让给我。
上帝许我纯钢的意志，
要我锤出些惨淡的歌。

可是旌旗铙鼓我不要，
我道上不用黄土来铺，
挂彩的荣华我当不起，
那有圆光往我头上箍？

本诗原载于1928年4月10日《新月》第1卷第2期。

# 回　　来

我急忙的闯进门来，喘着气，
打好了一盆水，一壶滚茶，
种种优渥的犒劳，都在那里：
我要把一天的疲乏交给她。
我载着满心的希望走回来，
那晓得一开门，满都是寂静——
什么都没变，夕阳绕进了书斋，
一切都不错，只没她的踪影。

出门了？怎么……这样的凑巧？
出门了，准是的！可是那顷刻，
那彷徨的顷刻，我已经尝到
生与死间的距离，无边的萧瑟：
恐怖我也认识了，还有凄惶，
我认识了孤臣孽子的绝望。

本诗原载于1928年5月10日《新月》第1卷第3期。

# 奇　迹

我要的本不是火齐的红，或半夜里
桃花潭水的黑，也不是琵琶的幽怨，
蔷薇的香；我不曾真心爱过文豹的矜严，
我要的婉娈也不是任何白鸽所有的。
我要的本不是这些，而是这些的结晶，
比这一切更神奇得万倍的一个奇迹！
可是，这灵魂是真饿得慌，我又不能
让他缺着供养，那么，即便是秕糠，
你也得募化不是？天知道，我不是
甘心如此，我并非倔强，亦不是愚蠢，
我是等你不及，等不及奇迹的来临！
我不敢让灵魂缺着供养。谁不知道
一树蝉鸣，一壶浊酒，算得了什么？
纵提到烟峦，曙壑，或更璀璨的星空，
也只是平凡，最无所谓的平凡，犯得着
惊喜得没主意，喊着最动人的名儿，
恨不得黄金铸字，给妆在一只歌里？
我也说但为一阕莺歌便噙不住眼泪，
那未免太支离，太玄了，简直不值当。
谁晓得，我可不能那样：这心是真
饿得慌，我不能不节省点，把藜藿当作膏粱。
可也不妨明说，只要你——

只要奇迹露一面，我马上就抛弃平凡，
我再不瞅着一张霜叶梦想春花的艳，
再不浪费这灵魂的膂力，剥开顽石
来诛求碧玉的温润；给我一个奇迹，
我也不再去鞭挞着“丑”，逼他要
那分儿背面的意义；实在我早厌恶了
那勾当，那附会也委实是太费解了。
我只要一个明白的字，舍利子似的闪着
宝光；我要的是整个的，正面的美。
我并非倔强，亦不是愚蠢，我不会看见
团扇，悟不起扇后那天仙似的人面。
那么
　　我等着，不管等到多少轮回以后——
既然当初许下心愿时，也不知道是在多少
轮回以前——我等，我不抱怨，只静候着
一个奇迹的来临。　总不能没有那一天，
让雷来劈我，火山来烧，全地狱翻起来
扑我，……害怕吗？你放心，反正罡风吹不熄灵
魂的灯，情愿蜕壳化成灰烬，
不碍事：因为那——那便是我的一刹那，
一刹那的永恒：——一阵异香，最神秘的
肃静，（日，月，一切星球的旋动早被
喝住，时间也止步了，）最浑圆的和平……
我听见阊阖的户枢砉然一响，紫霄上
传来一片衣裙的綷縩——那便是奇迹——
半启的金扉中，一个戴着圆光的你！

本诗原载于1931年1月20日《诗刊》创刊号①

①本诗后由作者选入《现代诗抄》，文字略有改动。

# 八教授颂[①]

新中国的
学者，
文人，
思想家，
一切最可敬佩的二十世纪的经师和人师！
为你们的固执，
为你们的愚昧，
为你们的Snobbery[②]，
为你替“死的拉住活的”挽救了五千年文化
遗产的丰功伟烈，
请接受我这只海贝，
听！
这里
通过辽远的未来的历史长廊，
大海的波涛在赞美你。

---

①本诗是依据范宁先生保存的经作者亲自改订的手抄稿编入的。据范宁先生说，这是闻一多先生写下的最后一首诗，原本打算写八首，但只写成了一首。本诗作者生前没有公开发表。

② Snobbery，势利。

## （一）政治学家

伊尹
吕尚
管仲
诸葛亮
“这些”，你摇摇头说，
“有经纶而缺乏戏剧性的清风亮节。”
你的目光继续在灰尘中搜索，
你发现了《高士传》：
那边，
在辽远的那边，
汾河北岸，
藐姑射之山中，
偃卧着四个童颜鹤发的老翁，
忽而又飘浮在商山的白云里了，
回头却变作一颗客星，
给洛阳的钦天监吃了一惊，
（赶尽是光武帝的大腿一夜给人压麻了）
于是一阵笑声，
又隐入七里濑的花丛里去了……
于是你也笑了。
这些独往独来的精神，
我知道，
是你最心爱的，
虽然你心里也有点忧虑……
于是你为你自己身上的
西装裤子的垂直线而苦恼，
然而你终于弃“轩冕”如敝屣了。

你惋惜当今没有唐太宗，
你自己可不屑做魏征。
你明知没有明成祖，
可还要耍一套方孝孺；
你强占了危险的尖端，
教你的对手捏一把汗。

你是如何爱你的主角（或配角）啊！
在这历史的最后一出“大轴子”里，
你和他——你的对手，
是谁也少不了谁，
虽则——
不，
正因为
在剧情中，
你们是势不两立的——
你们是相得益彰的势不两立。

正如他为爱他自己
而深爱着你，
你也爱着对手，
为了你真爱你自己。

二千五百年个人英雄主义的幽灵啊！
你带满一身发散霉味儿的荣誉，
甩着文明杖，
来到这二十世纪四十年代的公园里散步；
你走过的地方，
是一阵阴风；
你的口才——
那悬河一般倾泻着的通货，

是你的零用钱，
你的零用钱愈花愈有，
你的通货永远无需兑现。

幽灵啊！
今天公园门口
挂上了“游人止步”的牌子，
（它是几时改作私园的！）
现在
你的零用钱，
即使能兑现，
也没地方用了。

请回吧，
可敬爱的幽灵！
你自有你的安乐乡，
在藐姑射的烟雾中，
在商山的白云中，
在七里濑的水声中，
回去吧，
这也不算败兴而返！

三三（一九四四）年七月一日

# 拟李陵与苏武诗三首

## 一

三载同偃息，参商在须臾。
缱绻情难已，握手且踟蹰。
长城界夷夏，飞鸟苦难踰。
从兹不相见，老死各一隅。
岂无盈尊酒，强欢留斯须。
归期不可误，勉子慎征躯。

## 二

送子止河梁，日暮难前之。
老马萧萧鸣，掉尾作长辞。
明日行路难，便当长相思！
路恶有时尽，相思无刹时。
归时慰妻孥，团圞尚[1]有期。

---

① “尚”《辛酉镜》写作“或”。

## 三

我识别离苦，一日如三秋。
仰首思故人，白云空悠悠；
举目胥非类，言笑难与酬。
朝廷赏归使，讵知留者愁[①]！
人生有离合，崇德毋相缪！

本诗原载于1916年11月30日《清华周刊》第89期[②]，作者署名多。

①此句《辛酉镜》改为："畴知败将愁"。
②此三首诗曾重载于1917年6月15日《辛酉镜》，文字略有改动。

# 读项羽本纪

垓下英雄仗剑泣，
滛滛泪湿乌江荻。
早知天壤有刘邦，
宁学吴中一人敌？

本诗原载于1916年11月30日《清华周刊》第89期[①]，作者署名多。

①本诗曾重载于1917年6月15日《辛酉镜》。

# 春　柳

垂柳出宫斜，
春来尽发花；
东风自相喜，
吹雪满山家。

本诗原载于1917年6月15日《辛酉镜》，作者署名闻多。

# 月夜遣兴

二更漏尽山吐月，
一曲玉箫人倚楼。
为怕海棠偷睡去，
多心蟋蟀鸣不休。

本书原载于1917年6月15日《辛酉镜》，作者署名闻多。

# 渡飞矶

"Dover Beach" 译Mathew Arnold[①]

平潮静素漪，明月卧娟影。
巨崖灿冥湾，清光露俄顷。
夜气策寒窗，铿锵入耳警。
游波弄海石，趨来任扑打。
冲流断复续，长夜发悲哽。
在昔希腊贤，此声听伊景。
苦海叹茫茫，溯洄递灾眚。
北海千载下，吾乃同深省。
怀彼上世民，天真曷完整。
方寸生春潮，忠信溢耿耿。
季叶风陵迟，此道不复永。
希微荡归汐，凄风送余骋。
但见新奇生，大地成幻境。
岂知嚼蜡味，亲餂出暖冷。
风雷无定姿，洪波恣骄逞。
翳曜有浮云，援溺孰从井。
深屑短兵接，奔驣杂顽犷。
月黑风雨晦，终古无恬靖。

本诗原载于1919年5月《清华学报》第4卷第6期，作者署名闻多。

①英国诗人阿诺德（Arnold Mathew，1822—1888）的诗作《多佛滩》。

闻一多诗文集

# 文艺评论

闻一多不仅是位伟大的诗人，还是位学识渊博的学者、诗论家，他在文学艺术，特别是针对诗歌的理论研究也有着很深的造诣。

文学创作和文学评论，是文学事业重要的两翼。在中国新诗诗坛上，闻一多是插着两翼飞翔的人物。他的新诗创作，在现代文学史上，占有光辉的一页；他的新诗评论，也同样占有重要的一席。从1921年发表《评本学年〈周刊〉里的新诗》到1944年发表《诗与批评》，闻一多写作了大量评论新诗的文章。在这些著述中，他为新诗取得的成就而大声欢呼，为新诗尚存的流弊而及时针砭，以推进新诗建设为己任的开拓精神和高人一筹的见识，有声有色地活跃在评论战线上，为新文学事业的繁荣和发展做出了富有特色的贡献。

单就闻一多先生评论文章的内容和主题而言，不难看出，从最初的对文艺理论的研讨到后期针砭时弊的战斗檄文，这与他思想意识上的转变息息相关。

闻一多的诗歌评论，在内容上“价值”与“效率”兼顾，思想与艺术并重。在《诗与批评》中，闻一多就“什么是诗”的问题列举了两种截然不同的主张，一种只侧重于诗的“宣传效果方面”，另一种是“只吟

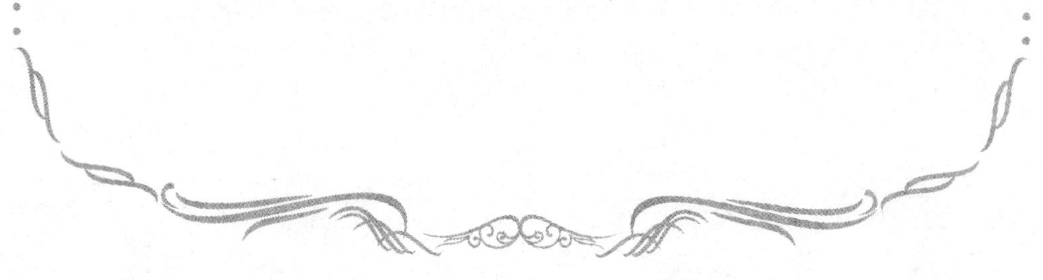

味于词句的安排，惊喜于韵律的美妙”“只求感受的舒适”。闻一多把前一种主张称作“诗的价值论者”，把后一种主张称为“诗的效率论者”。他对这两种各执一端的主张都不赞成，认为正确的意见“是应该二者兼顾”的。这就是说，诗人必须重视“诗的社会价值”，讲求作品的思想内容应该是“有益于社会”“有益于人生”的，诗人的宣传只能是“负责的宣传”。但是，诗要发挥好宣传教育作用，又不能不讲求艺术质量。诗不是一般的“宣传品”，它应该“用文字的魔力来征服它的读者”，“使读者自然而然地接受诗人的意见，接受了他的宣传。”闻一多的这些精辟见解，虽然是在四十年代才鲜明提出来的，但它的精神实质却也体现在早些的评论文章中。

闻一多文艺思想阶段性表现的原因非常复杂。如果我们仔细研究就会发现，闻一多每一阶段文艺思想的生成，发展和变化，都和他的经历以及所处的环境包括历史背景有着直接的关系，如《红烛》时期他并没有真正认识社会，他仅仅是主张“艺术为艺术”的阶段，而当后来他接触现实尤其沦为“穷人”，他才转变为强调“艺术为人民”的阶段。但无论是处在哪个时期，他的文艺思想又都不绝对纯粹。

本书选取了闻一多先生比较有代表性的评论作品，相比于他的诗歌，或许他的评论文章不为广大读者所熟识、所推崇，但同样具有深刻的意义，同样能代表他不同阶段的思想变化。

# 敬告落伍的诗家①

"告人此路不通行，可使脚力莫枉费。"

——胡适

诗体的解放早已成了历史的事实，我今天还来攻击"斗方派"的诗家，那不是一个笑话吗？可是如今真不能不拿笑话当正话讲的情形呢。

清华本不曾识过文学的面。新文学的声音初传到我们耳朵里的时候，曾惹得一阵"吴牛喘月"的声潮，但是那值得了些什么？新的做了一回时髦，旧的发了一顿腐气，其实都是"夏娃语冰"，谁也不曾把文学的真意义闹清楚了。

到了一九二〇秋天，国文部忽然心血来潮，添了一门美术文，把一堆《兵车行》《将进酒》《琵琶行》《永和宫词》一类的"陈猫古老鼠"又搬出来卖了一回看。不独美术文的讲义是诗，便是国文，外交史，伦理学，文学史，那个教室里不谈几句诗？惹动一般人兴会盎然，跃跃欲试。老师们又常用"熟读唐诗三百首，不会吟诗也会吟"的陈话来鼓励鼓励。于是人人都摇起笔来，"平平仄仄……"的唱开了，把人家闹了几年的偌大一个诗体解放的问题，整个忘掉了。唉，真有桃花源里"不知有秦、汉，遑论魏晋"的遗风呵！现在《周刊》新辟

①本篇原载于1921年3月11日《清华周刊》第211期，作者署名风叶。

了一个文艺栏，我恐怕不久那些《晚眺》《圆明园怀古》《游大钟寺》《哭亡友某君》等等的玩意儿都要出现了呢！

“括达括达，一齐在岸边大道上往前走。
好梦初醒的人，
今番再不使出一点脚腿的本能来，
可就要‘拉下’了。”

——沈兼士

我诚诚恳恳地奉劝那些落伍的诗家，你们要闹玩儿，便罢，若要真做诗，只有新诗这条道走，赶快醒来，急起直追，还不算晚呢。若是定要执迷不悟，你们就刊起《国故》来也可，立起“南社”来也可，就是做起试帖来也无不可，只千万要做得搜藏一点，顾顾大家的面子。有人在那边鼓着嘴笑我们腐败呢！

若要知道旧诗怎样做不得，要做诗，定要做新诗。看看下列这几篇文就够了：

《我为什么要做新诗？》

——胡适（《新青年》六卷五号或《尝试集》）

《谈新诗》

——胡适（八年十月《星期评论》五号）

《新诗的我见》

—— 康白情（《少年中国》一卷九期）

三，三。

本篇原载于1921年3月11日《清华周刊》第211期，作者署名风叶。

# 诗的格律

## 一

假定“游戏本能说”能够充分的解释艺术的起源，我们尽可以拿下棋来比做诗；棋不能废除规矩，诗也就不能废除格律。（格律在这里是 form 的意思。“格律”两个字最近含着一点坏的意思；但是直译 form 为形体或格式也不妥当。并且我们若是想起 form 和节奏是一种东西，便觉得 form 译作格律是没有什么不妥的了。）假如你拿起棋子来乱摆布一气，完全不依据下棋的规矩进行，看你能不能得到什么趣味？游戏的趣味是要在一种规定的条律之内出奇制胜。做诗的趣味也是一样的。假如诗可以不要格律，做诗岂不比下棋、打球、打麻将还容易些吗？难怪这年头儿的新诗“比雨后的春笋多些”。我知道这些话准有人不愿意听。但是 Bliss Perry 教授的话来得更古板。他说“差不多没有诗人承认他们真正给格律缚束住了。他们乐意戴着脚镣跳舞，并且要戴别个诗人的脚镣。”

这一段话传出来，我又断定许多人会跳起来，喊着“就算它是诗，我不做了行不行？”老实说，我个人的意思以为这种人就不做诗也可以，反正他不打算来戴脚镣，他的诗也就做不到怎样高明的地方。杜工部有一句经验语很值得我们揣摩的，“老去渐于诗律细”。

诗国里的革命家喊道“皈返自然！”他们以为有了这四个字，便师出有名了。

其实他们要知道自然界的格律，虽然有些像蛛丝马迹，但是依然可以找得出来。不过自然界的格律不圆满的时候多，所以必须艺术来补充它。这样讲来，绝对的写实主义便是艺术的破产。“自然的终点便是艺术的起点”，王尔德说得很对。自然并不尽是美的。自然中有美的时候，是自然类似艺术的时候。最好拿造型艺术来证明这一点。我们常常称赞美的山水，讲它可以入画。的确中国人认为美的山水，是以像不像中国的山水画做标准的。欧洲文艺复兴以前所认为女性的美，从当时的绘画里可以证明，同现代女性美的观念完全不合；但是现代的观念又同希腊的雕像所表现的女性美相符了。这是因为希腊雕像的出土，促成了文艺复兴，文艺复兴以来，艺术描写美人，都拿希腊的雕像做蓝本，因此便改造了欧洲人的女性美的观念。我在赵瓯北的一首诗里发现了同类的见解。

“绝似盆池聚碧孱，嵌空石笋满江湾。

化工也爱翻新样，反把真山学假山。”

这径直是讲自然在模仿艺术了。自然界当然不是绝对没有美的。自然界里面也可以发现出美来，不过那是偶然的事。偶然在言语里发现一点类似诗的节奏，便说言语就是诗，便要打破诗的音节，要它变得和言语一样——这真是诗的自杀政策了。（注意我并不反对用土白作诗，我并且相信土白是我们新诗的领域里一块非常肥沃的土壤，理由等将来再仔细的讨论。我们现在要注意的只是土白可以“做”诗；这“做”字便说明了土白须要一番锻炼选择的工作然后才能成诗。）诗的所以能激发情感，完全在它的节奏；节奏便是格律。莎士比亚的诗剧里往往遇见情绪紧张到万分的时候，便用韵语来描写。歌德作《浮士德》也曾采用同类的手段，在他致席勒的信里并且提到了这一层。韩昌黎“得窄韵则不复傍出，而因难见巧，愈险愈奇……”这样看来，恐怕越有魄力的作家，越是要戴着脚镣跳舞才跳得痛快，跳得好。只有不会跳舞的才怪脚镣碍事，只有不会做诗的才感觉得格律的缚束。对于不会作诗的，格律是表现的障碍物；对于一个作家，格律便成了表现的利器。

又有一种打着浪漫主义的旗帜来向格律下攻击令的人。对于这种人，我只要告诉他们一件事实。如果他们要像现在这样的讲什么浪漫主义，就等于承认他们没有创造文艺的诚意。因为，照他们的成绩看来，他们压根儿就没有注意到文艺的本身，他们的目的只在披露他们自己的原形。顾影自怜的青年们一个个都以为自身的人格是再美没有的，只要把这个赤裸裸的和盘托出，便是艺术的大成功了。你没有听见他们天天唱道“自我的表现”吗？他们确乎只认识了文艺的原料，没有认识那将原料变成文艺所必须的工具。他们用了文字作表现的工具，不过是偶然的事，他们最称心的工作是把所谓“自我”披露出来，是让世界知道“我”也是一个多才多艺，善病工愁的少年；并且在文艺的镜子里照见自己那倜傥的风姿，还带着几滴多情的眼泪，啊！啊！那是多么有趣的事！多么浪漫！不错，他们所谓浪漫主义，正浪漫在这点上，和文艺的派别绝不发生关系。这种人的目的既不在文艺，当然要他们遵从诗的格律来做诗，是绝对办不到的；因为有了格律的范围，他们的诗就根本写不出来了，那岂不失了他们那“风流自赏”的本旨吗？所以严格一点讲起来，这一种伪浪漫派的作品，当它作把戏看可以，当它作西洋镜看也可以，但是万不可当它作诗看。格律不格律，因此就谈不上了。让他们来反对格律，也就没有辩驳的价值了。

上面已经讲了格律就是form。试问取消了form，还有没有艺术？上面又讲到格律就是节奏。讲到这一层便可以明了格律的重要；因为世上只有节奏比较简单的散文，决不能有没有节奏的诗。本来诗一向就没有脱离过格律或节奏。这是没有人怀疑过的天经地义。如今却什么天经地义也得有证明才能成立？是不是？但是为什么闹到这种地步呢——人人都相信诗可以废除格律？也许是“安拉基”精神，也许是好时髦的心理，也许是偷懒的心理，也许是藏拙的心理，也许是……那我可不知道了。

## 二

前面已经稍稍讲了讲诗为什么不当废除格律。现在可以将格律的原质分析一下了。从表面上看来，格律可从两方面讲：（一）属于视觉方面的；（二）属于听觉方面的。这两类其实不[①]当分开来讲，因为它们是息息相关的。譬如属于视觉方面的格律有节的匀称，有句的均齐。属于听觉方面的有格式，有音尺，有平仄，有韵脚；但是没有格式，也就没有节的匀称，没有音尺，也就没有句的均齐。

关于格式，音尺，平仄，韵脚等问题，本刊上已经有饶孟侃先生论新诗的音节的两篇文章讨论得很精细了。不过他所讨论的是从听觉方面着眼的。至于视觉方面的两个问题，他却没有提到。当然视觉方面的问题比较占次要的位置。但是在我们中国的文学里，尤其不当忽略视觉一层，因为我们的文字是象形的，

① “不”原写作“又”，根据文意而修改。

我们中国人鉴赏文艺的时候，至少有一半的印象是要靠眼睛来传达的。原来文学本是占时间又占空间的一种艺术。既然占了空间，却又不能在视觉上引起一种具体的印象——这是欧洲文字的一个缺憾。我们的文字有了引起这种印象的可能，如果我们不去利用它，真是可惜了。所以新诗采用了西文诗分行写的办法，的确是很有关系的一件事。姑无论开端的人是有意的还是无心的，我们都应该感谢他。因为这一来，我们才觉悟了诗的实力不独包括音乐的美（音节），绘画的美（词藻），并且还有建筑的美（节的匀称和句的均齐）。这一来，诗的实力上又添了一支生力军，诗的声势更加浩大了。所以如果有人要问新诗的特点是什么，我们应该回答他：增加了一种建筑美的可能性是新诗的特点之一。

近来似乎有不少的人对于节的匀称和句的均齐表示怀疑，以为这是复古的象征。做古人的真倒霉，尤其做中华民国的古人！你想这事怪不怪？做孔子的如今不但“圣人”“夫子”的徽号闹掉了，连他自己的名号也都给褫夺了。如今只有人叫他作“老二”；但是耶稣依然是耶稣基督，苏格拉底依然是苏格拉底。你做诗模仿十四行体是可以的，但是你得十二分的小心，不要把它做得象律诗了。我真不知道律诗为什么这样可恶，这样卑贱！何况用语体文字写诗写到同律诗一样，是不是可能的？并且现在把节做到匀称了，句做到均齐了，这就算是律诗吗？

诚然，律诗也是具有建筑美的一种格式；但是同新诗里的建筑美的可能性比起来，可差得多了。律诗永远只有一个格式，但是新诗的格式上层出不穷的。这是律诗与新诗不同的第一点。做律诗，无论你的题材是什么，意境是什么，你非得把它挤进这一种规定的格式里去不可，仿佛不拘是男人，女人，大人，小孩，非得穿一种样式的衣服不可。但是新诗的格式是相体裁衣。例如《采莲曲》的格式决不能用来写《昭君出塞》，《铁路行》的格式决不能用来写《最后的坚决》，《三月十八日》的格式决不能用来写《寻找》。在这几首诗里面，谁能指出一首内容与格式，或精神与形体不调和的诗来，我倒愿意听听他的理由。试问这种精神与形体调和的美，在那印板式的律诗里找得出来吗？在那乱杂无章，参差不齐，信手拈来的自由诗里找得出来吗？

律诗的格律与内容不发生关系，新诗的格式是根据内容的精神制造成的，这是它们不同的第二点。律诗的格式是别人替我们定的，新诗的格式可以由我们自己的意匠来随时构造。这是它们不同的第三点。有了这三个不同之点，我们应该知道新诗的这种格式是复古还是创新，是进化还是退化。

现在有一种格式：四行成一节，每句的字数都是一样多。这种格式似乎用得很普遍。尤其是那字数整齐的句子，看起来好像刀子切的一般，在看惯了参差不齐的自由诗的人，特别觉得有点希奇。他们觉得把句子切得那样整齐，该是多么麻烦的工作。他们又想到做诗要是那样的麻烦，诗人的灵魂不完全毁坏了吗？灵感毁了，还那里去找诗呢？不错灵感毁了，诗也毁了。但是字句锻炼得整齐，实在不是一件难事；灵感决不致因为这个就会受了损失。我曾经问过现在常用整齐的句法的几个作者，他们都这样讲；他们都承认若是他们的那一首诗没有做好，只应该归罪于他们还没有把这种格式用熟；这种格式的本身不负丝毫的责任。我们最好举两个例来对照着看一看，一个例是句法不整齐的，一个是整齐的，看整齐与凌乱的句法和音节的美丑有关系没有——

“我愿透着寂静的朦胧，薄淡的浮纱，

细听着淅淅的细雨寂寂的在檐上，激打遥对着远远吹来空虚中的嘘叹的声音，

意识着一片一片的坠下的轻轻的白色的落花。”

“说到这儿，门外忽然风响，

老人的脸上也改了模样；

孩子们惊望着他的脸色，

他也惊望着炭火的红光。”

到底那一个的音节好些——是句法整齐的，还是不整齐的？更彻底地讲来，句法整齐不但于音节没有妨碍，而且可以促成音节的调和。这话讲出来，又有人不肯承认了。我们就拿前面的证例分析一遍，看整齐的句法同调和的音节是不是一件事。

孩子们|惊望着|他的|脸色

他也|惊望着|炭火的|红光

这里每行都可以分成四个音尺，每行有两个“三字尺”（三个字构成的音尺之简称，以后仿此）和两个“二字尺”，音尺排列的次序是不规则的，但是每行必须还他两个“三字尺”两个“二字尺”的总数。这样写来，音节一定铿锵，同时字数也就整齐了。所以整齐的字句是调和的音节必然产生出来的现象，绝对的调和音节，字句必定整齐（但是反过来讲，字数整齐了，音节不一定就会调和，那是因为只有字数的整齐，没有顾到音尺的整齐——这种的整齐是死气

板脸的硬嵌上去的一个整齐的框子，不是充实的内容产生出来的天然的整齐的轮廓）。

这样讲来，字数整齐的关系可大了，因为从这一点表面上的形式，可以证明诗的内在的精神——节奏的存在与否。如果读者还以为前面的证例不够，可以用同样的方法分析我的《死水》。

这首诗从第一行

这是|一沟|绝望的|死水

起，以后每一行都是用三个“二字尺”和一个“三字尺”构成的，所以每行的字数也是一样多。结果，我觉得这首诗是我第一次在音节上最满意的试验。因为近来有许多朋友怀疑到《死水》这一类麻将牌式的格式，所以我今天就顺便把它说明一下。我希望读者注意，新诗的音节，从前面所分析的看来，确乎已经有了一种具体的方式可寻。这种音节的方式发现以后，我断言新诗不久定要走进一个新的建设的时期了。无论如何，我们应该承认这在新诗的历史里是一个轩然大波。这一个大波的荡动是进步还是退步，不久也就自然有了定论。

本篇原载于1926年5月13日《北京晨报》副刊《诗镌》第7号。

# 诗人的蛮横

孔子教小子，教伯鱼的话，正如孔子一切的教训，在这年头儿，都是犯忌讳的。依孔子的见解，使得灵魂是要“温柔敦厚”的。但是在这年头儿，这四个字千万说不得，说不出话，便证明你是个弱者。当一个弱者是极寒伧的事，特别是在这一个横蛮的时代。在这时代里，连诗人也变横蛮了；做诗不过是用比较斯文的方法来施行横蛮的伎俩。我们的诗人早起听见鸟儿叫了几声，或是上万牲园逛上一逛，或是接到一封情书了……你知道——或许他也知道这都不是什么了不得的事件，够不上为它们就得把安居乐业的人类都给惊动了。但是他一时兴会来了，会把这消息用长短不齐的句子分行写了出来，硬要编辑先生们给他看过几遍，然后又耗费了手民的筋力给他排印了，然后又占据了上千上万的读者的光阴给他读完了，最末还要叫世界，不管三七二十一，承认他是个天才。你看这是不是横蛮？并且他凭空加了世界这些担负，要是哪一方面——编辑，平民或读者——对他大意了一点，他便又要大发雷霆，骂这世界盲目，冷酷，残忍，蹂躏天才……这种行为不是横蛮是什么？再如果你好心好意对他这作品下一点批评，说他好，那固然算你没有瞎眼睛，你要是敢说了他半个坏字，那你可触动了太岁，他能咒到你全家都死尽了。试问这不是横蛮是什么？

我看如果诗人们一定要这样横蛮，这样骄纵，这样跋扈，最好早晚由政府颁布一个优待诗人的条例，请诗人们都带上平顶帽子，穿上灰色的制服（最好是粉红色的，那最合他们的身分[①]）以表他们是属于享受特殊权利的阶级，并且仿造优待军人的办法，电车上，公园里，戏园里……都准他们自由出入，让他们好随时随地寻求灵感。反正他们享受的权利已经不少了，政府不如卖一个面子，追认一下。但是我怕这一来，中国诗人一向的“温柔敦厚”之风会要永远灭绝了！

本篇原载于1926年5月27日《晨报》副刊《诗镌》第9号，作者署名一多。

① “身分”现写作“身份”，下文同。

# 戏剧的歧途

近代戏剧是碰巧走到中国来的。他们介绍了一位社会改造家——易卜生。碰巧易卜生曾经用写剧本的方法宣传过思想，于是要易卜生来，就不能不请他的“问题戏”——《傀儡之家》[①]《群鬼》《社会的柱石》等等了。第一次认识戏剧既是从思想方面认识的，而第一次的印象又永远是有权威的，所以这现入为主的“思想”便在我们脑经[②]里，成了戏剧的灵魂。从此我们仿佛说思想是戏剧的第一个条件。不信，你看后来介绍萧伯纳，介绍王尔德，介绍哈夫曼，介绍高斯俄绥……那一次不是注重思想，那一次介绍的真是戏剧的艺术？好了，近代戏剧在中国，是一位不速之客；戏剧是沾了思想的光，侥幸混进中国来的。不过艺术不能这样没有身分。你没有诚意请他，他也就同你开玩笑了，他也要同你虚与委蛇了。

现在我们许觉悟了。现在我们许知道便是易卜生的戏剧，除了改造社会，也还有一种更纯洁的——艺术的价值。但是等到我们觉悟的时候，从前的错误已经长了根，要移动它，已经有些吃力了。从前没有专诚敦请过戏剧，现在得

---

①《傀儡之家》即《玩偶之家》，该剧又译作《傀儡家庭》或《娜拉》，是使易卜生闻名全世界的剧本。

②“脑经”现写作“脑筋”。

到了两种教训。第一，这几年来我们在剧本上所得的收成，差不多都是些稗子，缺少动作，缺少结构，缺少戏剧性，充其量不过是些能读不能演的 cloest drama 罢了。第二，因为把思想当作剧本，又把剧本当作戏剧，所以纵然有了能演的剧本，也不知道怎样在舞台上表现了。

剧本或戏剧文学，在戏剧的家庭里，的确是一个问题。只就现在戏剧完成的程序看，最先产生的，当然是剧本。但是这是丢掉历史的说话。从历史上看来，剧本是最后补上的一样东西，是演过了的戏的一种记录。现在先写剧本，然后演戏。这种戏剧的文学化，大家都认为是戏剧的进化。从一方面讲，这当然是对的，但是从另一方面讲，可又错了。老实说，谁知道戏剧同文学拉拢了，不久是戏剧的退化呢？艺术最高的目的，是要达到“纯形” pureform 的境地，可是文学离这种境地远着了。你可知道戏剧为什么不能达到“纯形”的涅槃世界吗？那都是害在文学的手里。自从文学加进了一份儿，戏剧便永远注定了是一副俗骨凡胎，永远不能飞升了；虽然它还有许多的助手——有属于舞蹈的动作，属于绘画建筑的布景，甚至还有音乐，那仍旧是没有用的。你们的戏剧家提起笔来，一不小心，就有许多不相干的成分粘在他笔尖上了——什么道德问题，哲学问题，社会问题……都要粘上来了。问题粘的愈多，纯形的艺术愈少。这也难怪。文学，特别是戏剧文学之容易招惹哲理和教训一类的东西，如同腥膻的东西之招惹蚂蚁一样。你简直没有办法。一出戏是要演给大众看的；没有观众，也就没有戏，严格的讲来。好了，你要观众看，你就得拿他们喜欢看，容易看的，给他们看。假若你们的戏剧家的成功的标准，又只是写出戏来，演了，能够叫观众看的懂，看得高兴。那么他写起戏来，准是一些最时髦的社会问题，再配上一点作料，不拘是爱情，是命案，都可以。这样一来，社会问题是他们本地当时的切身的问题，准看得懂；爱情，命案，永远是有趣味的，准看得高兴。这样一出戏准能哄动一时。然后戏剧家可算成功了。但是，戏剧的本身呢？艺术呢？没有人理会了。犯这样毛病的，当然不只戏剧家。譬如一个画家，若是没有真正的魄力来找出“纯形”的时候，他便摹仿照像了，描漂亮脸子了，讲故事了，谈道理了，做种种有趣味的事件，总要使得这一幅画有人了解，不管从那一方面去了解。本来做有趣味的事件是文学家的惯技。就讲思想这个东西，本来同“纯形”是风马牛不相及的，但是那一件文艺，完全脱离了思想，能够站得稳呢？文字本是思想的符号，文学既用了文字作工具，要完全脱离思想，自然办不到。但是文学专靠思想出风头，可真是没出息了。何况这样出风头是出不出去的呢？

谁知道戏剧拉到文学的这一个弱点当做宝贝，一心只想靠这一点东西出风头，岂不是比文学还要没出息吗？其实这样闹总是没有好处的。你尽管为你的思想写戏，你写出来的，恐怕总只有思想，没有戏。果然，你看我们这几年来所得的剧本里，不是没有问题，哲理，教训，牢骚，但是它禁不起表演，你有什么办法呢？况且这样表现思想，也不准表现得好。那可真冤了！为思想写戏，戏当然没有，思想也表现不出。“赔了夫人又折兵”，谁说这不是相当的惩罚呢？

不错，在我们现在这社会里，处处都是问题，处处都等候着易卜生，萧伯纳的笔尖来给它一种猛烈的戟刺。难怪青年的作家个个手痒，都想来尝试一下。但是，我们可知道真正有价值的文艺，都是“生活的批评”；批评生活的方法多着了，何必限定是问题戏？莎士比亚没有写过问题戏，古今有谁批评生活比他更批评得透彻的？辛格批评生活的本领也不差罢？但是他何尝写过问题戏？只要有一个脚色[①]，便叫他会讲几句时髦的骂人的话，不能算是问题戏罢？总而言之，我们该反对的不是戏里含着什么问题；若是因为有一个问题，便可以随便写戏，那就把戏看得太不值钱了。我们要的是戏，不拘是那一种的戏。若是仅仅把屈原，聂政，卓文君，许多的古人拉起来，叫他们讲了一大堆社会主义，德谟克拉西，或是妇女解放问题，就可以叫作戏，甚至于叫作戏剧，老实说，这种戏，我们宁可不要。

因为注重思想，便只看得见能够包藏思想的戏剧文学，而看不见戏剧的其余的部分。结果，到于今，不三不四的剧本，还数得上几个，至于表演同布景的成绩，便几等于零了。这样做下去，戏剧能够发达吗？你把稻子割了下来，就可以摆碗筷，预备吃饭了吗？你知道从稻子变成饭，中间隔着了好几次手续；可知道从剧本到戏剧的完成，中间隔着的手续，是同样的复杂？这些手续至少都同剧本一样的重要。我们不久就要一件件的讨论。

本篇原载于1926年6月24日《晨报》副刊《剧刊》第2期，作者署名夕夕。

① “脚色”通称为“行当”，是指一个演员专工的行当。

# 先拉飞主义

“味摩诘之诗，诗中有画；观摩诘之画，画中有诗。”

——《东坡志林》

首先这题目许用得着给下一点注脚。

最初用“先拉飞”这名词的是侨寓在意大利的一群法国画家，他们的目的的是要在画里恢复中世纪的——拉飞儿（Raphael）以前的朴质的作风。现在讲到“先拉飞派”，它[①]是指英国的罗瑟蒂（Dante Gabriel Rossetti），韩德（Holman Hunt）和米雷（Sir John Millais）等等七个人。“先拉飞兄弟会”（The Pre-Raphaelite Brotherhood）是在一八四八年组织；内中有画家，有雕刻家，有诗人。他们在画上签名便简写为 P.R.B.。他们的言论机关叫作《胚胎》（The Germ）。他们会同批评家罗斯金，主张扫除拉飞儿以后的种种秀丽，纤弱的习气，恢复早期作家的简洁，真诚与笃实；还有当时那物质的潮流和怀疑的思想，他们也要矫正，因此他们要在画里表现出那中世纪的“惊异，虔诚，和懔栗”等等的宗教情调。这运动的寿命并不长。不久“兄弟们”渐渐分散了，各人走上各人自己的蹊径，于是“先拉飞兄弟会”就无形的瓦解了。可是这次运动，在英国艺术上，确乎深深的印了一个戳记，特别是在装饰艺术上的影响很深。

① “它”原写作“老”，根据开明版《闻一多全集》修改。

以上可算“先拉飞运动”的一篇简明的历略。“先拉飞主义”给当时的批评界引起了不少的争辩。这主义所包含的原则很多，可讨论的也实在不少。我们现在要谈的,单是“先拉飞派”的画与“先拉飞派”的诗,两者之间互相的关系,和这种关系的评价。

文学里的“先拉飞主义”是个借用的名词。“先拉飞主义”在文学里并没有明确的定义。为便利起见，我们才借它来标明当时文学界的一种浪漫趋势，例如罗瑟蒂,莫理士,史文朋诸家的作品。所以文学与“先拉飞运动”即便有关系,也是一种旁支庶出的关系,正如罗瑟蒂自称绘画是他的主业,诗只是副产品一样。不过拿“先拉飞”来形容那一帮人的作品，实在是比较最近于妥当的一个名词。再说他们的诗和“先拉飞派”的画也的确很有关系。不但他们有一部分人同时是诗人又是画家，并且他们还屡次在诗里表现画，或在画里表现诗。罗瑟蒂本人的集子里就有一大堆题画的商籁体。

美术和文学同时发展，在历史上，本是常见的事。最显著的文艺复兴，便是一个伟大的美术时期，同时又是伟大的文学时期。因此有人称英国的十九世纪末叶为英国的文艺复兴。但是美术和文学从来没有在同一个时期里，发生过那样密切的关系；不拘在那个时期,断没有第二帮人像“先拉飞派”的“弟兄们”那样有意的用文学来作画，用颜料来吟诗的。“先拉飞主义”引起我们——至少作者个人的注意，便在这一点上。

讲到这里，我们马上想到王维的“诗中有画，画中有诗”那句老话。王维的“诗中有画，画中有诗”，比方，和罗瑟蒂的“诗中有画，画中有诗”同不同，是另一问题，不过拿这八个字来包括“先拉飞派”的艺术，倒是一个顶轻便的办法。这两句话我以后还要常常借用，但是请读者注意，我声明在先，那是有条件，有范围的借用。

“先拉飞派”的画，和“先拉飞派”的诗，何以发生那样密切的关系呢？我们研究这里种种的动因，有的属于时代的趋势，有的属于个人的天才，有些是机会凑成的，这些是人力强造的——极复杂，也极有趣。

艺术型类的混乱是“先拉飞派”的一个特征，开混乱艺术型类之端的可不是“先拉飞派”。一七六六年，将近新古典运动的末叶，勒沁的《雷阿科恩》已经在攻击那种趋势。到十九世纪，那趋势反而变本加厉了，趋势简直变成了事实，并且不仅诗和画的界线抹杀了，一切的艺术都丢了自己的工作。给邻家代庖，罗瑟蒂的“诗中有画，画中有诗”只是许多现象中之一种。此外还有戈提叶（Gautier）的“艺术之移置”（“Transposition d’Art”），马拉美（Mallarmé）要用文学制成和合曲……诸如此类，数都数不清。看来这种现象不是局部的问题，乃是那时代里全部思潮和生活起了一种变化——竟或是腐化。关于这一点，白璧德教授在他的《新雷阿科安》里已经发挥得十分尽致了，不用我们再讲。我们要知道的只是那时代潮流的主因之外，还有许多复因和近因。下面这几点，对于阐明“先拉飞主义”发展的痕迹，许可以供给些参证。

“先拉飞兄弟会”成立的头年（一八四七），罗瑟蒂和他那般朋友对于济慈的诗发生了很深的兴味。这是一件值得注意的事。本来罗瑟蒂早就在济慈的柯立基的作品里看出了一种最高的浪漫的元素。后来他的韩德、米雷读霍顿的《济慈传》，又同时都觉得那诗人的作品，已经达到古典与浪漫调和到最适当的境地，并且那正是他们自己在美术里企望不到的最高目的。现在他们的愿望是要把这“灵”与“肉”的谐和移植到绘画里来。于是他们纠合了一般同志，组织了一个团体，规定每人得按时交给画稿来给大众批评，题目往往是由罗瑟蒂拟。下面这些画题，便是从济慈的《绮萨白娜》（Isabella）里选出的：

(1)《情耦》

(2)《绮萨白娜的三个弟兄》

(3)《分离》

(4)《幻象》（绮萨白娜梦见他的哥弟们把情郎杀死了）

(5)《林中》（绮萨白娜到林子里把情郎的首级偷来了）

(6)《紫苏坛》（她把首级埋在坛里）

(7)《弟兄们发现了紫苏坛》

(8)《绮萨白娜之疯魔》

“兄弟会”未成立之前，他们和济慈已经有这样的关系，既成立以后，关系仍然没有改变。例如米雷的首屈一指的杰作《圣爱格尼节之前夕》（The Eve of St.Agnes）便取材于济慈的那首同名的诗；并且韩德的第一次重要的产品《马德林与波菲罗之出奔》（The Flight of Madeline and Porphyro）也是由那首诗脱胎的。还有济慈的《无情的美女》（La Belle Dame sans Mercé）他们也都画过。

三人都是“先拉飞兄弟会”的台柱子，和济慈的关系又都那样深，看来是不是“先拉飞运动”之产生，济慈要负一分责任？再看他们后来又借改造画里的许多新花枪，同时也便是艺术型类里的大混乱。

假若没有这个济慈，或是他们凑巧没有注意到济慈的诗，“先拉飞运动”还会不会实现呢？我们的答案大概属于正面。因为前面已经提过，“兄弟会”里以画家兼诗人的会员不在少数。罗瑟蒂本人不用讲了，此外吴勒（Thomas Woolner）在他的雕刻还没有成名以前，已经是一个很有天才的诗人；喀林生（James Collinson）在诗上也有相当的成绩，他在第二期《胚胎》上发表的作品，据说很能代表“先拉飞派”的那宗教的象征主义，和半禁欲，半任情的由于情调；裴登（Sir J·Noel Paton）和施高达（William Bell Scott）两个人也是诗画两方面都有贡献的；威廉·罗瑟蒂在两种艺术上都尝试过，他开始习画许太迟点，所以不能终局，他放弃做诗，据韩德说，为的是自己觉得不如老兄才搁笔的；还有老画家卜朗（Ford Madox Brown），罗瑟蒂的老师，也能做诗，在《胚胎》上投过稿。以上都是画家兼诗人。其余的，是演员也好，非会员而与他们有瓜葛的也好，几乎没有一个不是具有双料的兴趣，虽则画画的不必实行做诗，做诗的不必实行画画。最足以代表这一类的，便士两个“先拉飞派”的后劲，白恩-琼士（Sir Edward Burne-Jones）和威廉·莫理士（William Morris）。这样看来，他们本身本有双方发展的可能性，恐怕用不着多少外来的刺激和指点，才会产生那种“诗中有画，画中有诗”的艺术。

我们许要问，怎么这么凑巧，恰恰让那样一群人聚到一堆来了，这现象是否和他们的中心人物——罗瑟蒂个人的天性，有点因果的关系？换句话说，“先拉飞派”的命运，是不是由罗瑟蒂一手造成的，是不是因为主将的“诗中有画，画中有诗”，才有大家[①]的“诗中有画，画中有诗”？不见得，罗瑟蒂的魔力不见得有那样大。不错，坚强自信的罗瑟蒂，富于“个人吸引力”的罗瑟蒂，关于高兴支配别人，别人也乐于被他支配，但是我们决不相信，偌大一个运动，是谁一个人的能力所能造设的。罗瑟蒂不过是许多分子之一；与其说罗瑟蒂支配众人，不如说大家互相支配，或许其中罗瑟蒂的势力比较大点。大家都是多才多艺，因为多才多艺，才要左手画圆，右手画方，结果当然圆里有方，方里也有圆了。“兄弟会”的事业，就是这么一回事。

单就“画中有诗”讲，英国也不仅“先拉飞派”的画家是那样，自从英国有画以来，可以说没有完全脱离过文学的色彩。英国人天生就不是意大利人，法兰西人，西班牙人或荷兰人那样的图画天才。绘画——由线条色彩构成的绘

---

① “家”原写作“众”，根据开明版《闻一多全集》修改。

画，仿佛他们从来没有了解过。他们不是不能审美，他们的美，是从诗和其他的文学里认识的。他们有的是思想家，道德家，著作家，他们会“想”，可不大会“看”。自从阿瑟王和“圆桌”的时代，英国就有了诗，英国的画却是比较晚出的产品，所以难怪他们的兴趣根本在文学上，甚至于文学的势力还要偷进绘画里来。认真的讲，英国的画只算得一套文学的插图。就“先拉飞派”讲，罗瑟蒂的画是但丁的插图，韩德的是《圣经》的插图。再从全部的英国美术史看，从侯加士（Hogarth）数到白兰格文（Brangwyn），那一个不是插图家？一个勃莱克（Blake），一个皮雅次蕾（Beardsley），两座高峰，瑶瑶相对，四围兀兀的布满了小小的山头，结构和趣味差不多属于一种的格调。芮洛慈（Reynolds），盖恩斯伯洛（Gainsborough）以下的肖像画家，和魏尔生（Wilson），康士塔孛（Constable）以下的风景画家，算是例外。可是你知道这两派都是荷兰人的传授，只可说是英国寄籍的荷兰画。（肖像和风景根本也是不容易文学化的）。你简直没有法子叫英国人不在画里弄文。连兰西儿（Landseer）的狗子都要讲故事。文学是英国人的根性，所以罗瑟蒂才有这样的议论——他对白恩－琼士说——“谁心里若是有诗，他最好去画画，因为所有的诗都早已讲过了，写过了，但差不多没有人动手画过。”可见罗瑟蒂画画的动机是要做诗。你不能禁止英国人不做诗，如同不能禁止他们的百灵鸟不唱歌一样。

还有一种原因也足以使诗画的界线容易混乱。在《胚胎》的弁言里他们已经声明过，在画里应用过的原则，也要在诗上应用；其实在诗上应用的理由更大，因为绘画的旨趣非借具体的物象来表现不可，诗却可以直接达到它的鹄的。譬如画家若要在作品里表现一种精神的简洁性，必需想出各种方法来布置，描写他身外的对象，但是一个诗人——假如他是个能手——顿时就能捉住他那题材的精神，精神捉到了，再拿象征的或戏剧的方法给装扮起来，就比较容易了。柏尔（Clive Bell）在他的《艺术论》里，辨别美感和实用观念的区别，有一段话：“一个实际的人走进屋子里，看见几张椅子，桌子，沙发，一幅地毯，和一座壁炉。他的理智认识了这些物件；假如他要在那里待下，或是放下一只杯子，他晓得他应该怎么办。那些物件的名字告诉了他许多方法——怎样应付那些实际问题的方法。但是在各个名字背后藏着的那些物件的本体，他不知道。艺术家可不同，名字不关他的事。他们只知道意见东西是产生一种情绪的工具，那便是说，他们只管得着物件本身的价值……”好了，我们现在该明白了什么是供应实用的物件，什么是供应美感的物件。譬如一只茶杯，我们叫它作茶杯，是因为它那盛茶的功用，但是画家注意的只是那物象的形状，色彩等等，它的名字是不是茶杯，他不管。但是一个画家怎么才能把那物象表现出来，叫看画的人也只感到形状色彩的美，而不认作茶杯呢？现在我们回到本题了，绘画的困难便在这里，绘画的困难比文学的大，也在这里。

"White plates and cups clean-gleaming,

Ringed with blue lines,"

白禄克（Rupert Brooke）这种捉拿生魂的神通，决不是画家梦想得到的。就叫塞桑（Cézanne）来动手，结果恐怕还免不掉有点隔膜。这是因为文学的工具根本是富于精神性的。"先拉飞主义"，在诗上的问题小，在画上的问题大，并且不幸的是诗的地位占便宜些，就短[①]不了要引起画的妒忌和羡慕，"先拉飞派"的画面看出了诗的可羡慕的地位，是对的，是他们有眼光；但是他们实际的羡慕了，并且不惜牺牲自家的个性，放弃自家的天职，去求绘画的诗化，那就错了，那便是没有眼光。

罗斯金的艺术主张，和"先拉飞派"的主张，本是两方面独自发现的，虽是两方面不约而同的发现，不过自从他们互相认识以后，"先拉飞派"从罗斯金得来的赞助和指导，的确是很多。罗斯金的影响好的，健全的固然不少，但是"先拉飞派"所以用做诗的方法作画，我们饮水思源，实在不能不把一部分的罪过堆在罗斯金身上。我们也承认"先拉飞派"对于宗教——更正确点，宗教方面的中世纪主义——的热心，难免是"牛津运动"的余波，可是如果没有罗斯金那样明白的表示和大声急呼的提倡，我们也可以断定"先拉飞派"是不会得有那样坚决的，极端的主张，因此流弊也不致那样大。罗斯金说：

"譬如，雷兰派的一般作品——鲁奔斯（Rubens），樊代克（Vandyke）和冷伯兰提（Rembrandt）永远在例外——都是夸耀画家的口才，都是用清晰而有力的发音术咬着既无用又无味的字眼；至于齐玛孛（Cimabue）和吉莪陀（Giotto）早年的成绩乃是婴孩嘴唇里吐出的热烈的预言。明哲的批评家应该负起责任来，审慎辨别什么是语言，什么是思想，还要专心尊崇，赞颂思想，把语言认为下乘，绝对不当与思想相提并论或较量短[②]长。一幅画，如果有的是较高尚较丰

① "短"原写作"矩"，参酌文意修改。
② "短"原写作"矩"，参酌文意修改。

富的意义，不问表现得怎样笨拙，比起那表现美满而意义凡庸贫穷的作品，定是一幅较伟大的较好的画。”

罗斯金的主意是要艺术有一种最高无上的道德的目的，他以为艺术的价值是随着这目的之有无或高下为转移的，所以他注重的是绘画的“思想”，不是“语言”。这话当然不错，可是问题不是那样简单。试问到底那里是“思想”和“语言”的分野？在绘画里，离开线条和色彩的“语言”，“思想”可还有寄托的余地？如果思想有了，就可以不择表现的方法，只要能达意就成了吗？譬如，在罗瑟蒂的《圣母的童年》里，我们看见一瓶百合，一把荆棘，知道百合象征贞洁，荆棘象征悲哀。好了，画家的意义我们明白了，可是那与绘画本身价值有什么关系？明白了是一[①]个“文学的”概念。“文学的”概念只能间接的引起情感的反应，并且那种情感也未见得纯洁。当然，罗斯金并没有教画家拿那样潦草、肤浅的方法来表现“思想”，但是我们得承认有了罗斯金的推重“思想”，才有罗瑟蒂的只认目的，不择手段的流弊。不但罗瑟蒂，便是喊得的只求局部之精确，忘了全体的谐和，和米雷的欢喜在画里讲故事，何尝不是罗斯金的影响！

但是话又说回头了，我们也不必十分逼罗斯金，连老头子自己都没办法，因为批评家和创作家都是英国人，文学是英国人的天才，也是英国人的癖气。

否定肉体，偏执灵魂的中世纪主义，也是能损毁绘画的纯粹性的一种势力。我们拿中世纪色彩最浓的罗瑟蒂来作例。但是我们先得认清他的文学作品被人攻击为“肉体派的诗”，实在是个大冤枉，幸而攻击他的人，巴坎伦（Robert Buchanan）后来忏悔了。其实在罗瑟蒂的诗里，“肉体美”所以可贵的，完全因为它是“灵魂美”的佐证，所谓“内在的，精神的美德的一种外在的，有形的符号”，我们读他的《身体的美》（Body's Beauty）那首商籁体便知道了。诗人又在一首题名 Lovesight 的商籁体里问道：

When do i see the most,beloved one?
　　When in the light the spirit of mine eyes,
　　Before thy face,their altar,solemnize
The Worship of that love through thee made known?
Or When in the dusk hours,（we two alone,）

① “一”原写作“两”，参酌文意修改。

Close-kissed and eloquent of still replies
Thy twilight-hidden glimmering visage lies,
And my soul only sees thy soul its own?

这种神秘性充满了罗瑟蒂全部的著作，可是要把它运用到画里来，问题就困难了，因为神秘性根本是有诗意的，和画却隔膜得多。罗瑟蒂既拿定了主意要神秘化他的画，没有办法，就拐一个弯，借那属于文学的，抽象的象征来帮忙，结果我们便得了这样一幅画，例如他的《但丁之梦》。在这画里，神秘的含义谁也承认是十分的丰富，丰富的含义总算都表现得够分明的了。但是把它当作画看，未免太分明了，因为所谓“分明”是理智的了解，不是感觉的认识，所以在文学里可以立脚，在画里没有存在的余地。

也许有人又要发问，神秘主义果真不在绘画的范围里吗？绘画绝对不许采取象征做手段吗？吉莪陀，齐玛孛，马沙奇俄（Masaccio）的地位应该推翻吗？不错，早期意大利的名手都是神秘家，都没有鄙视过象征。但是他们的时代是中世纪，不是做中世纪的梦的十九世纪；他们是在宗教里生活着，用不着靠宗教运动求生活；神秘是他们的天性，不是他们的主义；在他们无所谓象征，象征便是实体。我们认为实体的，在他们都是象征。有了那种精神，岂独在美术上可以创造奇迹，在文学上，在生活上，那一项不够我们惊异，拜倒，向往的？“兄弟会”虽是会模仿，甚至模仿古人的那隐遁的生活，保持着一种宗教式的诚恳态度，但是没有用，模仿毕竟是模仿。何况他们对于宗教并没有正确的领悟。罗瑟蒂对于宗教是一种浪漫的癖好，正如韩德对于宗教是一种历史的好奇心。韩德向巴勒斯登搜集材料，罗瑟蒂向中世纪搜集材料，不过因为那一种空间的，一种时间的距离，能满足他们好奇的欲望罢了。他们的灵感的来源既不真，他们的作品当然是空洞的，软弱的，没有红血轮的。

上面所讨论的，是站在绘画的立脚点上看为什么“先拉飞派”的画中有诗。我们拉杂的举了七种理由。如果翻过面来问为什么“先拉飞派”的诗中又有画，理由当然有许多和上面相同。也有看了彼方面的理由，马上就可想起此方面的。例如单讲罗瑟蒂兄妹，知道安格鲁萨逊民族的天才是文学，也便想得起拉丁民族的天才是造型艺术——罗瑟蒂兄妹是四分之三的意大利人，四分之一的英国人。还有知道他们的中世纪主义，也不能忘记他们的希腊主义。上文已经提过，他们在济慈的诗里发现了“灵”与“肉”最圆满的调和，并且要把它移植到画里来，可见他们的主张和片面的禁欲主义完全两样。他们的诗里所以充满了属于感觉的绘画，便是这个缘故。

我讲了许多不利于“先拉飞派”或罗瑟蒂个人的话，读者可不要误会，以为我完全不承认他们的价值。尤其是罗瑟蒂的作品，我不仅认为有价值，并且讲老实话，我简直不能抵抗他那引诱，虽是清醒的自我有时告诉我，那艳丽中藏着有毒药。不用讲，我承认我的弱点，便是承认罗瑟蒂的魔力！例如《受枯的比雅特丽琪》（Beata Beatrix），《潘多娜》（Pandora），《窗前》（La Donna della Fineestra）等等作品里的那可歌可泣的神秘的诗意，谁不陶醉，谁不折服，谁还有功夫附和契斯脱登（G.K.Chesterton）来说那冷心的，狠心的话——“这个大艺术家的成功，是由于不曾辨清他的艺术的性质！”再看他的诗。举一个极端的例：

“Herself shall bring us,hand in hand,
　　To him round whom all souls
Kneel,the clear-ranged unnumbered heads
　　Bowed with their aureoles:
And angels meeting us shall sing
　　To their citherns and citoles.”

我们明晓得这不但是画意，简直是图画——是中世纪道院里那一个老和尚（也许是Fra Angelico）用金的、宝蓝的、玫瑰红的、和五光十色的油漆堆起来的一幅图画。“诗中有画”我们见得多，从莎士比亚，斯宾叟以来的诗人，谁不会在文学里创造几幅画境？但是罗瑟蒂这样的，我们没有见过。我们也知道这正是亚里士多德说的“Shifting his ground to another kind”，但是这“移花接木”的本领是值得佩服的，并且这样开出的花是有一抹[①]奇异的芬芳的颜色，特别能勾引人们的赏玩。

总结一句，“先拉飞派”的诗和画，的确是有它们的特点，“先拉飞主义”，无论在诗或画方面，似乎是一条新路。问题只是艺术的园地里到底有开辟新畦畛的必要与可能没有？勉强造成的花样，对于艺术的根本价值，是有益还是有损？契斯脱登的评论，我们现在可以全段的征引了：

“罗瑟蒂是一个多方面而特出的人才；他并没有在任何方面成功；不然，也许不会有人知道他。在那两种艺术上，他是一半成功，

①此处原文模糊不清，参酌文意而加。

一半失败；他的成功完全是他那失败的巧术凑成的。假使他是白恩-琼士那样一个画家，也许会成一个能作诗的画家。说也奇怪，在这极端的艺术运动的门限上，我们倒发现了这个大艺术家的成功是由于不曾辨清他的艺术的性质。他的诗太象画了。他的画太象诗了。正因为这种缘故，他的诗和画才能征服维多利亚时代的那冷淡的满意，因为他那种作品总算是有东西的，虽则在艺术上是不值些什么的东西。”

我们再谈谈王摩诘的“诗中有画，画中有诗”，做个结束。其实这话也不限于王摩诘一个人当得起。从来那一首好诗里没有画，那一幅好画里没有诗？恭维王摩诘的人，在那八个字里，不过承认他符合了两个起码的条件。“先拉飞派”的“诗中有画，画中有诗”可不同，那简直是“张冠李戴”，是末流的滥觞；猛然看去，是新奇，是变化，仔细想想，实在是艺术的自杀政策。

五月二十六日，南京

本篇原载于1928年6月10日《新月》第1卷第4期。

# 宣传与艺术

在抗战第二期开始时，蒋委员长曾以“政治重于军事”的方针昭示国人。政治所包甚广，但唤起并组织民众以期达到真正的全面抗战当然是其中最主要部分。最近开第三次国民参政会议，委员长又提出精神动员的方案。举凡领袖所侧重各点，在理论上其重要性无庸申述，问题只在如何实施。实施的步骤当然首重宣传，这就不是一件简单的事。

宣传不得法，起码是枉费精力，甚至徒然引起一些不需要的副作用。或者更严重的反作用。宣传之不可无技巧，犹之乎作战之不可无器械，器械出于科学，技巧基于艺术。

回顾抗战以来我们宣传的工作实在难令人满意。我们所有的宣传似乎大部分还不离口号标语，文字的宣传固然是放大的口号标语，即音乐图画戏剧各部门亦何莫非变相的口号标语？大致说来，从事这种工作的人似乎只顾宣泄自己的感情，而不知道如何将它传达给别人，所以结果只有宣（或竟是喧）而无传，于是多数的宣传品便成为大家压惊壮胆的咒语符箓，数量尽管多，内容却不必追究了。总之，我们的宣传品徒有形式而缺乏内容，其原因则在做宣传工作的人热情有余，技巧不足。

首先在宣传工具的选择上，太重视文字，就是错误，须知根本是一种叙事与说理的工具，在感动的功能上，它须经过一段较迂缓的过程，因此它的效用便远不如音乐图画戏剧来得迅速而直捷。对于识字阶级，文字宣传的力量已经有限，何况我们绝大多数的民众是文盲，文字对他们，根本无效呢？既然我们宣传主要的对象是一般，尤其是农村的民众，而大部分宣传品的影响恰恰是达不到他们，这是何等严重的矛盾！便就现今已有的文字宣传而论，我们似乎将宣传的意义看得太窄点。符箓式的标语，对于知识稍高的人们，不久已是一种侮辱吗？关于抗战理论的文字，不已经成为“抗战八股”吗？报纸上的新闻，个是常常被认为“宣传”，意思说是假的吗？这些工作我们做得不少了，虽则其效果有多少毕竟是疑问。也许正如间谍工作是收入消息，这种宣传工作是放出消息，也许这是战时不可少，甚至极重要的工作，但这不是我所谓宣传。我所谓宣传，在文字方面，是态度光明而诚恳的文艺作品，在形式上它甚至可以与抗战无大关系，但实际能激发我们敌忾同仇的情绪，他的手段不是说服而是感动，是燃烧！它必须是一件艺术作品。这类的文字，就我个人所知道的而论，除了几篇委实可歌可泣的报告文学（战地通讯）之外，似乎每欲多少值得注意的东西了。但是我们胜任的作家应当不少，他们都藏到那里去了？

不过真正能读懂一篇文艺作品的人究竟太少，在我们特殊情况之下，文字宣传究不如那“不落言诠”的音乐图画戏剧等来得有效。

在情绪传播的迅速上，音乐是再好没有的了。我们的宣传工作在这方面正大有可为。过去在这方面的成绩总算比较令人满意，但仍欠普及，欠深入。最近我看过一个剧团的公演，在最末一幕终了时，几个游击队正在和敌人苦撑，青天白日旗忽然从山后飘扬起来，随着一阵救亡歌曲的声音，援军到了，幕下了，幕后歌声仍然不断，并且愈加激荡了，想必舞台上全体人员都加入了。这时我满以为台下全体观众也会相应起那“起来,不愿做奴隶的人们！”多么伟大！全堂六七百人一齐怒吼起来，那点经验的教育作用，不要胜过千百篇痛苦流涕或激昂慷慨的论说或演辞吗？

然而幕下了，台下一阵喧哗，散戏了。我急得直跺脚。这是我们音乐宣传不够普及与深入的一个实例。

讲到图画，也许最令人伤心。办了一二十年艺术教育，到如今没有几个人能够画出一个人体，不带上许多解剖学的错误。

大师们追着这派那派西洋潮流效颦，却有始终不曾使木炭在张白纸上老老实实研究过一个人体的。结果徒弟们相习成风，在漫画木刻里勉强描个似是而非的人模样，加上一个标题，就算是画了。就抗战以后我曾到过的武汉，长沙，贵阳，昆明四个都市讲，我就从未见过一幅像样的宣传画。特别在长沙，你走过一条街，往两边墙壁上一望，不啻是做着一场噩梦。在武昌街上我倒发现过一幅在人体上还站得住的宣传画，但那作意真别扭得可以。我亲耳听见一群乡下人聚在画前发议论，原来把画中的意义整个弄反了。

同类的情形若发生在戏剧里，结果可就严重了。听说某处开伤兵慰劳会，演了一出话剧，伤兵认为是对他们的侮辱，把演员打了。平情而论，抗战以来，戏剧真够努力的了。可惜的是愈努力愈感觉“剧本荒”。把仅有的剧本，一堆堆的口号，勉强搬上台，导演者十九又不能尽其责。在这剧作家与导演家两头不得力的苦境之中，真辜负了不少的好演员。

要晓得上述各种工作，除了那与间谍工作异曲同工的文字宣传是由政府主持的，其他则差不多全是人民自动的工作。在此情形之下，人力不能集中与夫财力不济，往往使工作不能得到预期的效果，是应该原谅的。说政府指导了宣传的重要，但何以对宣传工作进行的方法这样大意，而把最有效的部分丢着不管呢？诚然像这次抗战在我们历史上是第一次，所谓发动整个民族力量的全面抗战更是闻所未闻，因此对这种抗战的技术我们完全不娴习，但是现成的西方国家，在这方面都有很好的成绩，我们为什么不知道借镜呢？难道我们真依然是八股脑筋，只知道舞文弄墨的宣传才是宣传，而别的全不认识吗？我要问后方工作究竟是否至少与前方工作同样重要？若然，这样松懈，这样低劣的宣传就可了事吗？时机迫切了，不赶紧想办法，还谈什么最后胜利？其实这点工作，只要政府真正推行起来，并不甚难。把一切胜任的人才动员起来（现在有的是在西洋受过很好训练的艺术专门人才闲着没有事做），组织起来，拨一笔在整个国家预算中微乎其微的款子，就中一部分可以用来购置一点新式设备（如制版，印刷设备，舞台的灯光设备等等），再斟酌各部门的需要，无妨向国外聘请些专家来作顾问导师。在军事上可以“楚材晋用”，在文化上何尝不可如此？这般大规模的干起来，才配得上称宣传，不，以前狭义的“宣传”二字还不能包括上述的计划。这是在“精神动员”工作中增加“精神食粮”的大量生产计划。

这不只是抗战工作，同时也是建国工作。在筑铁路，设工厂的物质建国时，我们别忘了也要精神建国。让我们在抗战的宣传工作里，奠定建国大业中艺术生活，精神生活的基础。

本篇原载于1939年2月26日昆明《益世报》“星期论评”栏。

# 《西南采风录》序

正在去年这时候，学校由长沙迁昆明，我们一部分人组织了一个湘黔滇旅行团，徒步西来，沿途分门别类收集了不少材料。其中歌谣一部分，共计二千多首，是刘君兆吉一个人独力采集的。他这种毅力实在令人惊佩。现在这些歌谣要出版行世了，刘君因我当时曾挂名为这部分工作的指导人，要我在书前说几句话。我惭愧对这部分材料在采集工作上，毫未尽力，但事后却对它发生了极大兴趣，一年以来，总想下番功夫把它好好整理一下，但因种种关系，终未实行。这回书将出版，答应刘君作序，本拟[①]将个人对这材料的意见先详尽的写出来，作出整理工作的开端，结果又一再因事耽延，不能现实。这实在对不起刘君。[②]然而我读过这些歌谣，曾发生一个极大的感想，在当前这时期，却不能不尽先提出请国人注意。

在都市街道上，一群群乡下人从你眼角滑过，你的印象是愚鲁，迟钝，畏缩，你万想不到他们每颗心里都自有一段骄傲，他们男人的憧憬是：

快刀不磨生黄锈，

胸膛不挺背腰陀。（安南）

---

①手稿“拟”下有“趁此”二字。

②“这实在对不起刘君”一句，手稿原写作“这实在不但对不起刘君，也辜负了这宝贵的材料”。

女子所得意的是：

斯文滔滔讨人厌，
庄稼粗汉爱死人，
郎是庄稼老粗汉，
不是白脸假斯文。（贵阳）

他们何尝不要物质的享乐，但鼠窃狗偷的手段，却是他们所不齿的：

吃菜要吃白菜头，
跟哥要跟大贼头，
睡到半夜钢刀响，
妹穿绫罗哥穿绸。（盘县）

那一个都市人，有这样气魄[1]讲话或设想？

生要恋来死要恋，
不怕亲夫在眼前，
见官犹如见父母，
坐牢犹如坐花园。（盘县）

火烧东山大松林，
姑爷告上丈人门，
叫你姑娘快长大，
我们没有看家人。（宣威）

马摆高山高又高，
打把火钳插在腰，
那家姑娘不嫁我，
关起四门放火烧。

你说这是原始，是野蛮。对了，如今我们需要的正是它。我们文明得太久了，如今人家逼得我们没有路走，我们该拿出人性中最后最神圣的一张牌来，让我们那在人性的幽暗角落里蛰伏了数千年的兽性跳出来反噬他一口。打仗本不是

①这样气魄”，手稿原写作“气魄这样”。

一种文明姿态，当不起什么“正义感”、“自尊心”、“为国家争人格”一类[①]的奉承。干脆的，是人家要我们的命，我们是豁出去了，是困兽犹斗。如今是千载一时的机会，给我们试验自己血中是否还有着那只狰狞的动物，如果没有，只好自认是个精华上“天阉”的民族，休想在这地面上混下去了。感谢上苍，在前方，姚子青，八百壮士，每个在大地上或天空中粉身粹骨了的男儿，在后方，几万万以“睡到半夜钢刀响”为乐的“庄稼老粗汉”，已经保证了我们不是“天阉”！如果我们是一个乐观主义者，我的根据就只这一点。我们能战，我们渴望一战而以得到一战为至上的愉快。至于胜利，那是多么泄气的事，胜利到了手，不是搏斗的愉快也得终止，“快刀”又得“生黄绣”了吗？还好，还好，四千年的文化，没有把我们都变成“白脸斯文人”！

民国二十八年三月五日闻一多序[②]

---

①稿“类”下有“徽号”二字。

②本篇原载于刘兆吉编纂、上海商务印书馆1946年12月出版的《西南采风录》。

# 时代的鼓手

——读田间的诗

鼓——这种韵律的乐器[①]，是一切乐器的祖宗，也是一切乐器中之王。音乐不能离韵律而存在，它便也不能离鼓的作用而存在。鼓象征了音乐的生命。

提起鼓，我们便想到了一串形容词：整肃，庄严，雄壮，刚毅，和粗暴，急躁，阴郁，深沉……鼓是男性的，原始男性的，它蕴藏着整个原始男性的神秘。它是最原始的乐器，也是最原始的生命情调的喘息。

如其鼓的声律是音乐的生命，鼓的情绪便是生命的音乐。音乐不能离鼓的声律而存在，生命也不能离鼓的情绪而存在。

诗与乐一向是平行发展着的。正如从敲击乐器到管弦乐器是韵律的音乐发展到旋律的音乐，从三四言到五七言也是韵律的诗发展到旋律的诗。音乐也好，诗也好，就声律说，这是进步。可痛惜的是，声律进步的代价是情绪的萎顿。在诗里，一如在音乐里，从此以后以管弦的情绪代替了鼓的情绪，结果都是“靡靡之音”。这感觉的愈趋细致，乃是感情愈趋脆弱的表征，而脆弱的感情不也就是生命疲困，甚或衰竭的朕兆吗？二千年来古旧的历史，说来太冗长。单说新诗的历史，打头不是没有一阵朴质而健康的鼓的声律与情绪，接着依然是“靡

---

① “器”字原稿写作“品”。

靡之音”的传统，在舶来品的商标的伪装之下，支配了不少的年月。疲困与衰竭的半音，似乎比历史上任何时期都变本加厉了的风行着。那是宿命，是历史发展的必然阶段吗？也许。但谁又叫新生与震奋的时代来得那样突然！箫声，琴声（甚至是无弦琴）自然配合不上流血与流汗的工作。于是忙乱中，新派，旧派，人人都设法拖出一面鼓来，你可以想象一片潮湿而发霉的声响，在那壮烈的场面中，显得如何的滑稽！它给你的印象仍然是疲困与衰竭。它不是激励，而是揶揄，侮蔑这战争。

于是，忽然碰到这样的声响，你便不免吃一惊：

“多一颗粮食，
就多一颗消灭敌人的枪弹！”

听到吗
这是好话哩！

听到吗
我们
要赶快鼓励自己的心
到地里去！

要地里
长出麦子；

要地里
长出小米；
拿这东西
当做
持久战的武器。

（多一些！
多一些！）

多点粮食，

就多点胜利。

——田间：《多一些》

这里没有“弦外之音”，没有“绕梁三日”的余韵，没有半音，没有玩任何“花头”，只是一句句朴质，干脆，真诚的话，（多么有斤两的话！）简短而坚实的句子，就是一声声的“鼓点”，单调，但是响亮而沉重，打入你耳中，打在你心上。你说这不是诗，因为你的耳朵太熟悉于“弦外之音”……那一套，你的耳朵太细了。

你看，——

他们的

仇恨的

力，

他们的

仇恨的

血，

他们的

仇恨的

歌，

握在

手里。

握在

手里，

要洒出来……

几十个，

很响地

——在一块；

几十个

达达地，

——在一块；

回旋……
狂蹈……

耸起的
筋骨
凸出的
皮肉，
挑负着
——种族的
疯狂
种族的
咆哮！……

——田间：《人民的舞》

这里便不只鼓的声律，还有鼓的情绪。这是鞍之战中晋解张用他那流着鲜血的手，抢过主帅中的槌来擂出的鼓声，是弥衡那喷着怒火的“渔阳掺挝”，甚至是，如诗人Robert Lindsey在《刚果》中，剧作家Eugeue O’Neil在《琼斯皇帝》中所描写的，那非洲土人的原始的鼓，疯狂，野蛮，爆炸着生命的热与力。

这些都不算成功的诗，（据一位懂诗的朋友说，作者还有较成功的诗，可惜我没见到。）但它所成就的那点，却是诗的先决条件——那便是生活欲，积极的，绝对的生活欲。它摆脱了一切诗艺的传统手法，不排解，也不粉饰，不抚慰，也不麻醉，它不是那捧着你在幻想中上升的迷魂音乐。它只是一片沉着的鼓声，鼓舞你爱，鼓动你恨，鼓励你活着，用最高限度的热与力活着，在这大地上。

当这民族历史行程的大拐弯中，我们得一鼓作气来渡过危机，完成大业。这是一个需要鼓手的时代，让我们期待着更多的“时代的鼓手”出现。至于琴师，乃是第二步的需要，而且目前我们有的是绝妙的琴师。

本篇原载于1943年11月13日《生活导报周年纪念文集》。

# 画　展

我没有统计过我们这号称抗战大后方的神经中枢之一的昆明，平均一个月有几次画展，反正最近一个星期里就有两次。重庆更不用说，恐怕每日都在画展中，据前不久从那里来的一个官说，那边画展热烈的情形，真令人咋舌。（不用讲，无论那处，只要是画展，必是国画。）这现象其实由来已久，在我们的记忆中，抗战与风雅似乎始终是不可分离的，而抗战愈久，雅兴愈高，更是鲜明的事实。

一个深夜，在大西门外的道上，和一位盟国军官狭路当逢，于是攀谈起来了。他问我这战争几时能完，我说："这当然得问你。"

"好罢！"他爽快的答道，"老实告诉你，战争几时开始，便几时完结。"事后我才明白他的意思是说，只要他们真正开始反攻，日本是不值一击的。一个美国人，他当然有资格夸下这海口。但是我，一个中国人，尤其当着一个美国人面前，谈起战争，怎么能不心虚呢？我当时误会了他的意思，但我是爱说实话的。反正人家不是傻子，咱们的底细，人家心里早已是雪亮的，与其欲盖弥彰，倒不如自己先认了，所以我的答话是"战争几时开始？你们不是早已开始了吗？没开始的只是我们。"

对了，你敢说我们是在打仗吗？就眼前的事例说，一面是被吸完血的××编成"行尸"的行列，前仆后继的倒毙在街心，一面是"琳琅满目""盛况空前"

的画展，你能说这不是一面在“奸污”战争，一面在逃避战争吗？如果是真实而纯洁的战争，就不怕被正视，不，我们还要用钟爱的心情端详它，抚摩它，用骄傲的嗓音讴歌它。唯其战争是因被“奸污”而变成一个腐烂的，臭恶的现实，所以你就不能不闭上眼睛掩着鼻子，赶紧逃过，逃的愈远愈好，逃到“云烟满纸”的林泉丘壑里，逃到“气韵生动”的仕女前……反之，逃得愈远，心境愈有安顿，也愈可以放心大胆让双手去制造血腥的事实。既然“立地成佛”有了保证，屠刀便不妨随时拿起，随时放下；随时放下，随时拿起。原来某一类说不得的事实和画展是互为因果的，血腥与风雅是一而二，二而一罢了。诚然，就个人说，成佛的不一定亲手使过屠刀，可是至少他们也是帮凶和窝户。如果是借刀杀人，让旁人担负使屠刀的劳力和罪名，自己干没了成佛的实惠，其居心便更不可问了。你自命读书明理的风雅阶级，说得轻点，是被利用，重点是你利用别人，反正你是逃不了责任的！

艺术无论在抗战或建国的立场下，都是我们应该提倡的，这点道理并不只你风雅人士们才懂得。但艺术也要看那一种，正如思想和文学一样，它也有封建的与现代的，或复古的与前进的（其实也就是非人道的与人道的）之别。你若有良心，有魄力，并且不缺乏那技术，请站出来，学学人家的画家，也去当个随军记者，收拾点电网边和战壕里的“烟云”回来，或就在任何后方，把那“行尸”的行列速写下来，给我们认识认识点现实也好，起码你也该在随便一个题材里多给我们一点现代的感觉，八大山人，四王，吴恽，费晓楼，改七芗，乃至吴昌硕，齐白石那一套，纵然有他们的历史价值，在珂罗板片中也够毕[1]真的了，用得着你们那笨拙的复制吗？在这复古气焰高张[2]的年代，自然正是你们扬眉吐气的时机。但是小心不要做了破坏民族战斗意志的奸细，和危害国家现代化的帮凶！记着我的话，最后裁判的日子必然来到，那时你们的风雅就是你们的罪状！

原载于1943年昆明《生活导报》，期次不详[3]。

---

①“毕”现写作“逼”。
②“高张”现写作“高涨”。
③本篇现根据闻一多遗稿中保存的原刊剪报排印。

# 字与画[①]

原始的象形文字，有时称为绘画文字，有时又称为文字画，这样含混的名词，对于字与画的关系，很容易引起误会，是应当辨明一下的。

一切文字，在最初都是象形的，换言之，都是绘画式的。反之，任何绘画都代表着一件食物，因此也便具有文字的作用。但是，绘画与文字仍然是两件东西，它们的外表虽相似，它们的基本性质却完全两样。一幅图画在作者的本意上，决不会变成一篇文字，除非它已失去原来的目标，而仅在说明某种概念。绘画的本来目的是传达印象，而文字的本来目的则是说明概念。要知道二者的区别，最好是看它们每方面所省略的地方。实际上便是最写实的绘画，对于所模拟的实物，也不能无所省略，文字更不用说了。往往为了经济和有效的双重目的起见，绘画所省略处正是文字所要保留的，反之，文字所省略处也正是绘画所要保留的。以现代澳洲为例，什么是纯粹的绘画，什么是文字性质的绘画，不但土人看来，一望而知，就在我们看来，也不容易混淆。在他们的绘画中，我们可以看到每一笔都证明作者的用意是在求对原物的真实和生动，但在他的

①本篇据手稿排印。据《江海学刊》1984年第6期凌波的《手稿收藏经过》称，此文原系闻一多在1943年为《综合》周刊所写，因刊物仅出两期即被迫停刊，未及刊出。手稿现藏南京博物院。

文字性质的东西里，情形便完全不同。那些线与点只是代表事物概念的符号，而非事物本身的摹绘。

大体说来，绘画式的文字总比纯粹绘画简单些。但照上面所说的看来，绘画式的文字，却不是简化了的绘画。由此我们又可以推想，我们现在所见到刻在甲骨上的殷代象形文字，其繁简的程度，大概和更古时期的象形文字差不多。我们不能期望将来还有一批更富绘画意味的甲骨文字被发现。文字打头就只是文字——只是近似绘画的文字，而不是真正的绘画。

但是就中国的情形论，文字最初虽非十足的绘画，后来的发展却和绘画愈走愈近。这种发展的过程包括两个阶段，和绘画本身的发展过程完全相合。两个阶段㈠是装饰的，㈡是表现的。

离甲骨略后而几乎同时的铜器上的文字，往往比甲骨文字来得繁缛而更富于绘画意味，这些我从前以为在性质上代表着我国文字较早的阶段，现在才知道那意见是错的。镌在铜器上的铭辞和刻在甲骨上的卜辞，根本是两种性质的东西。卜辞的文字是纯乎实用性质的纪录，铭辞的文字则兼有装饰意味的审美功能。装饰自然会趋于繁缛的结构与更浓厚的绘画意味。沿着这个路线发展下来的一个极端的例，便是流行于战国时的一种鸟虫书，那几乎完全是图案，而不是文字了。字体由篆隶变到行楷，字体本身的图案意味逐渐减少，可是它在艺术方面发展的途径不但并未断绝，而且和绘画拉拢得更紧，共同走到一个更高超的境界了。

以前在装饰的阶段中，字只算得半装饰的艺术，如今在表现的阶段中，它却成为一种纯表现的艺术了。以前作为装饰艺术的字，是以字来模仿画，那时画是字的理想。现在作为表现艺术的字，字却成了画的理想，画反要来模仿字。从艺术方面的发展看，字起初可说是够不上画，结果它却超过了画，而使画够不上它了。

字在艺术方面，究竟是仗了什么，而能有这样一段惊人的发展呢？理由很简单。字自始就不是如同绘画那样一种拘形相的东西，所以能不受拘牵的发展到那种超然的境界。从装饰的立场看，字尽可以不如画，但从表现的立场看，字的地位一上手就比画高，所以字在前半段装饰的竞赛中吃亏的地方，正是它在后半段表现的竞赛中占便宜的地方。这一点也可以证明文字的本质与绘画不同，所同的只是表面的形式而已。

评论书画者常说起“书画同源”，实际上二者恐怕是异源同流。字与画只是近亲而已。因为相近，所以两方面都喜欢互相拉拢，起初是字拉拢画，后来是画拉拢字。字拉拢画，使字走上艺术的路，而发展成我们这独特的艺术——书法。画拉拢字，使画脱离了画的常轨，而产生了我们这有独特作风的文人画。

# 诗与批评

什么是诗呢？我们谁能大胆地说出什么是诗呢？我们谁敢大胆地决定什么是诗呢？不能！有多少人是曾对于诗发表过意见，但那意见不一定合理的，不一定是真理；那是一种个人的偏见，因为是偏见，所以不一定是对的。但是，我们怎样决定诗是什么呢？我以为，来测度诗的不是偏见，应该是批评。

对于“什么是诗”的问题，有两种对立的主张：

有一种人以为：“诗是不负责的宣传。”

另一种人以为：“诗是美的语言。”

我们念了一篇诗，一定不会是白念的，只要是好诗，我们念过之后就受了他的影响：诗人在作品中对于人生的看法影响我们，对于人生的态度影响我们，我们就是接受了他的宣传。诗人用了文字的魔力来征服他的读者，先用了这种文字的魅力使读者自然地沉醉，自然地受了催眠，然后便自自然然地接受了诗人的意见，接受了他的宣传。这个宣传是有如何的效果呢？诗人不问这个，因为他的宣传是不负责的宣传。诗人在作品里所表示的意见是可靠的吗？这是不一定的，诗人有他自己的偏见，偏见是不一定对的。好些人把诗人比做疯子，疯子的意见怎么能是真理呢？实在，好些诗人写下了他的诗篇，他并不想到有什么效果，他并不为了效果而写诗，他并不为了宣传而写诗，他是为写诗而写诗的；因之，他的诗就是一种不负责的东西了，不负责的东西是好的吗？这是一个很重要的问题，所以，第一种主张就侧重在这种宣传的效果方面，我想，这是一种对于诗的价值论者。

好些人念一篇诗时是不理会它的价值的，他只吟味于词句的安排，惊喜于韵律的美妙；完全折服于文字与技巧中。这种人往往以为他的态度仅止于欣赏，仅止于享受而已，他是为念诗而念诗。其实这是不可能的事，在文字与技巧的魅力上，你并不只享受于那份艺术的功力，你会被征服于不知不觉中，你会不知不觉的为诗人所影响，所迷惑。对于这种不顾价值，而只求感受舒适的人，我想他们是对于诗的效率论者。

这两种态度都不是对的。因为单独的价值论或是效率论都不是真理。我以为，从批评诗的正确的态度上说，是应该二者兼顾的。

柏拉图在他的《理想国》中赶走了诗人，因为他不满意诗人。他是一个极端的价值论者，他不满意于诗人的不负责的宣传。一篇诗作是以如何残忍的方式去征服一个读者。诗篇先以美的颜面去迷惑了一个读者，叫他沉迷于字面，音韵，旋律，叫他为了这些而奉献了自己，然而又以诗人的偏见生生烙印在读者的灵魂与感情上。然而这是一个如何残酷的烙印。——不负责的宣传已是诗的顶大的罪名了，我们很难有法子让诗人对于他的宣传负责，（诗人是否能负责又是一个问题。）这样一来，为了防范这种不负责的宣传，我们是不是可以不要诗了呢？不行，我们觉得诗是非要不可，诗非存在不可的。既然这样，所以我们要求诗是“负责的宣传”。我们要求诗人对他的作品负责，但这也许是不容易的事，因之，我们想得用一点外力，我们以社会使诗人负责。

负责的问题成为最重要的了，我们为了诗的光荣存在而辩护，所以不能不要求诗的宣传作用是负责的，是有利益于社会的。我们想，若是要知道这宣传是否负责而用新闻检查的方式，实在是可笑的，我们不能用检查去了解，我们要用批评去了解；目前的诗著是可用检查的方法限制的，但这限制至少对于古人是无用的；而且事实上有谁会想出这种类似焚书坑儒的事来折磨我们的诗人呢？我想应该不会。在苏联和也许别的些个什么国家用一种方法叫诗人负责，方法很简单，就是，拉着诗人的鼻子走，如同牵牛一样，政府派诗人做负责的诗，一个纪念，叫诗人做诗，一个建筑落成，叫诗人做诗，这样，好些“诗”是给写出来了，但结果，在这种方式下产生出来的作品，只是宣传品而不是诗了，既不是诗，宣传的力量也就小了或甚至没有了，最后，这些东西既不是诗又不是宣传品，则什么都不是了，我们知道马也可夫斯基写过诗，也写过宣传品，后来他自杀了，谁知道他为什么自杀呢？所以我想，拉着诗人的鼻子走的方式并不是好的方式。

政府是可以指导思想的。但叫诗人负责，这不是政府做得到的；上边我说，我们需要一点外力，这外力不是发自政府，而是发自社会。我觉得去测度诗的是否为负责的宣传的任务不是检查所的先生们完成得了的，这个任务，应该交给批评家。

每个诗人都有他独特的性格，作风，意见与态度，这些东西会表现在作品里。一个读者要只单选上一位诗人的东西读，也许不是有益而且有害的，因为，我们无法担保这个诗人是完全对的，我们一定要受他影响，若他的东西有了毒，是则我们就中毒了。鸡蛋是一种良好的食品，既滋补而又可口，但据说多吃了是有毒的，所以我们不能天天只吃鸡蛋，我们要吃些①别的东西。做诗也一样，我觉得无妨多读，从庞乱中，可以提取养料来补自己，我们可以读李白、杜甫、陶潜、李商隐、莎士比亚、但丁、雪莱，甚至其他的一切诗人的东西，好些作品混在一起，有毒的部分抵消了，留下滋养的成分；不负责的部分没有了，留下负责的成分。因为，我们知道凡是能够永远流传下去的东西差不多可以说是好的，时间和读者会无情地淘汰坏的作品。我以为我们可以有一个可靠的选本，让批评家精密地为各种不同的人选出适于他们的选本，这位批评家是应该懂得人生，懂的诗，懂得什么是效率，懂得什么是价值的这样一个人。

我以为诗是应该自由发展的。什么形式什么内容的诗我们都要。我们设想我们的选本是一个治病的药方，那末，里边可以有李白，有杜甫，有陶渊明，有苏东坡，有歌德，有济慈，有莎士比亚；我们可以假想李白是一味大黄吧，陶渊明是一味甘草吧，他们都有用，我们只要适当的配合起来，这个药方是可以治病的。所以，我们与其去管诗人，叫他负责，我们不如好好地找到一个批评家，批评家不单可以给我们以好诗，而且可以给社会以好诗。

历史是循环的，所以我现在想提到历史来帮助我们了解我们的时代，了解时代赋与诗的意义，了解我们批评诗的态度。封建的时代我们看得出只有社会，没有个人，《诗经》给他们一个证明。《诗经》的时代过去了，个人从社会里边站出来，于是我们发觉《古诗十九首》实在比《诗经》可爱，《楚辞》实在比《诗经》可爱。因为我们自己现在是个人主义社会里的一员，我们所以喜爱那种个人的

---

①“些”原写作“的”，参酌文意修改。

表现，我们因之觉得《古诗十九首》比《诗经》对我们亲切。《诗经》的时代过去之后，个人主义社会的趋势已经非常明显了。而且实实在在就果然进到了个人主义社会。这时候只有个人，没有社会。个人是耽沉于自己的享乐，忘记社会，个人是觅求“效率”以增加自己愉悦的感受，忘记自己以外的人群。陶渊明时代有多少人过极端苦难的日子，但他不管，他为他自己写下他闲逸的诗篇。谢灵运一样忘记社会，为自己的愉悦而玩弄文字，——当我们想到那时别人的苦难，想着那幅流民图，我们实实在在觉得陶渊明与谢灵运之流是多么无心肝，多么该死，——这是个人主义发展到极端了，到了极端，即是宣布了个人主义的崩溃，灭亡。杜甫出来了，他的笔触到广大的社会与人群，他为了这个社会与人群而同其欢乐，同其悲苦，他为社会与人群而振呼。杜甫之后有了白居易，白居易不单是把笔濡染着社会，而且他为当前的事物提出他的主张与见解。诗人从个人的圈子走出来，从小我而走向大我，《诗经》时代只有社会，没有个人，再进而只有个人没有社会，进到这时候，已经是成为了个人社会（Individual society）了。

到这里，我应提出我是重视诗的社会的价值了。我以为不久的将来，我们的社会一定会发展成为 Society of Individual，Individual for Society（社会属于个人，个人为了社会）的。诗是与时代同其呼息的，所以，我们时代不单要用效率论来批评诗，而更重要的是以价值论诗了，因为加在我们身上的将是一个新时代。

诗是要对社会负责了，所以我们需要批评。《诗经》时代何以没有批评呢?因为，那些作品都是负责的，那些作品没有“效率”，但有“价值”，而且全是“教育的价值”，所以不用批评了。（自然，一篇实在没有价值的东西也可以“说”得出价值来的，对这事我们可以不必论及了。）个人主义时代也不要批评，因为诗就只是给自己享受享受而已，反正大家标准一样，批评是多余的；那时候不论价值，因为效率就是价值。（诗话一类的书就只在谈效率，全不能算是批评。）但今天，我们需要批评，而且需要正确而健康的批评。

春秋时代是一个相当美好的时代，那时候政治上保持一种均势。孔子删诗，孔子对于诗作过最好的，最合理的批评。在《左传》上关于诗的批评我认为是对的；孔子注重诗的社会价值。自然，正确的批评是应该兼顾到效率与价值的。

从目前的情形看，一般都只讲求效率了，而忽视了价值，所以我要大声疾呼请大家留心价值。有人以为着重价值就会忽略了效率，就会抹煞了效率，我以为不会，这种担心是多余的。我们不要以为效率会被抹煞，只要看看普遍的情形，我们不是还叫读诗叫欣赏诗吗？我们不是还很重视于字句声律这些东西吗？社会价值是重要的，我们要诗成为“负责的宣传”，就非得着重价值不可，因为价值实在是被“忽视”了。

诗是社会的产物。若不是于社会有用的工具，社会是不要它的。诗人掘发出了这原料，让批评家把它做成工具，交给社会广大的人群去消化。所以原料是不怕多的，我们什么诗人都要，什么样诗都要，只要制造工具的人技术高，技术精。

我以为诗人有等级的，我们假设说如同别的东西一样分做一等二等三等，那么杜甫应该是一等的，因为他的诗博、大。有人说黄山谷，韩昌黎，李义山等都是从杜甫来的，那么，杜甫是包罗了这么多“资源”，而这些资源大部是优良的美好的，你只念杜甫，你不会中毒；你只念李义山就糟了，你会中毒的，所以李义山只是[①]二等诗人了。陶渊明的诗是美的，我以为他诗里的资源是类乎珍宝一样的东西，美丽而不有用，是则陶渊明应在杜甫之下。

所以，我们需要懂得人生，懂得诗，懂得什么是效率，懂得什么是价值的批评家为我们制造工具，编制选本。但是，谁是批评家呢？我不知道。

本篇原载于1944年9月1日《火之源文艺丛刊》第2、3辑合刊。

---

①此处原无“是”字，根据开明版《闻一多全集》补充。

# 五四与中国新文艺

——现在是群众的时代，让文艺回到群众中去！

从“五四”开始，中国文艺的现实主义开始萌芽，它表示中国社会必然的发展和要求。欧战期间，中国民族工业开始抬头，新兴阶级需要一个新的政权扶植他们发展，但是欧战之后，国际政治的黑流以及国内军阀的反动使新兴阶级的愿望遭受挫折，这时新兴阶级的代言人——学生，小市民——便起来了，对外他们要求打倒帝国主义，以求本阶级的解放，对内打倒军阀，以求民主政治的发展。不管他的阶级性如何，这个运动需要广大群众的支持，领导阶级的眼光不得不放到群众里去，因此，他们必运用一种新的宣传方式以表达他们的思想，进而唤醒群众的斗争情绪，这个方式就是白话文，以及用白话文表现的中国的旧的写实主义的文学。

辛亥革命时代的文艺与“五四”时代有什么不同呢？辛亥革命是士大夫领导的，他们的群众是士大夫，因此，表现文艺的形式的还是士大夫所用滥了的古文，“五四”时代则不然，“五四”运动是一个群众运动，虽然并不广泛也不深入，但是，因为它接近群众，因为，在文艺表现的方式，多少有一些群众性。

民族工业的兴起，同时产生了工人阶级，“五四”运动也得到工人的赞助，这是“五四”进步性的一点证明,但是,工人并没有居于领导的地位,这是“五四”

民主运动不彻底的地方，因为这样，所以“五四”时代所谓中国的新文艺，还是旧的写实主义。

中国新文艺运动应该随着中国社会发展而发展，或者说，中国新文艺应该彻底尽到它反映现实的任务，目前我们需要崭新的文艺形式和内容，我们要让文艺回到群众那里去，去为他们服务。目前我们要求“民主”下乡，进工厂，我们的文艺也要这样。因此，在我看来，目前最恰当的文艺形式是朗诵诗和歌剧，此外，我们还需要与其他部门配合才能收到更大的效果，我所说的其他部门大抵指电影，漫画等。

中国新文艺发展的事业与民主事业同样艰巨，我们需要加倍努力，我们相信，只有广大的群众是主人，群众的利益定会战胜少数人的特权的。

本篇原载于1945年5月4日出版的，由国立西南联合大学、云南大学、私立中法大学、云南省立英语专科学校学生自治会主编的《五四特刊》。

# 战后文艺的道路

“道路”不一定是具体计划，只是一种看法；战后不是善后，善后是暂时的，战后是相当长时期的将来。根据已然推测必然，是科学的客观预见，历史是有其客观的必然性的，所以要讲到战后文艺的道路，必须根据文学史及社会发展作一番讨论。

关于文学史，应根据新的世界观来分析：我们承认最根本决定社会之发展的是阶级，有统治阶级，有被统治阶级。中国过去的文学史却抹煞了人民的立场，只讲统治阶级的文学，不讲被统治阶级的文学。今天以人民的立场来讲文学，对统治阶级的文学亦不抹煞。

观察中国的社会，有下面几个阶段：

一、奴隶社会阶段，

二、自由人阶段，

三、主人阶段。

奴隶社会的组织是奴隶和奴隶主，自由人是解放了的奴隶，战国和西汉的奴隶气质在文学上很明显，魏晋以后嵇康阮籍解放了，但由建安到今天都无大变。

建安前是奴隶文艺，建安后是自由人的文艺。奴隶的反面不是自由人，奴隶的反面是主人。西方民主国家还要争自由，何况中国！奴隶是有主人的奴隶，自由人是脱离主人的奴隶。今后的主人，则是没有奴隶的主人；有奴隶的主人是法西斯。

现在再看每个阶段的特质。

（一）奴隶阶段：——

今天所谓奴隶与历史上的奴隶不同，真性奴隶是无身体自由的，使其身体亏损如劓，刖，墨，剕，宫等是奴隶的象征，再一种是手铐脚镣的束缚，这可呼为真性的奴隶。和这相反的要身体有自由发育，自由活动的才是主人。在真性奴隶社会中作业是分工的，主人也做事，大致为君，为政，战争，行刑是主人干的，他做事是自由的。奴隶的事，一是物质生产的技术，如农工等类；一是非物质的生产，如艺术，卜卦，算命，音乐。统治者担任的是治术，奴隶担任的是技术和艺术。技术供主人消费，艺术供主人消遣。历史上有名的音乐家师旷是瞎子，可以作为证明。

古代的艺术家是奴隶干的，如王维在《唐书》上就没有他的传，因为他是奴隶；干艺术是下流的，像今天看戏子如娼妓是一个样。荆轲的好友高渐离会击筑，为秦始皇挖去二目，再来听他的音乐。如果身体不亏损，你就只能作汉武帝时候的李延年，汉武帝当他作女人看。

真性奴隶社会在战国时是没有了，在春秋时即已逐渐瓦解。但奴隶社会的遗留太多，太明显，《史记·滑稽列传》淳于髡为齐国赘婿，髡是受剃了发的髡刑的，名字都已证明他是奴隶了。其他屈原，宋玉，东方朔，枚皋，司马迁都是奴隶，司马迁受宫刑是奴隶的标帜，这些人比真性社会的奴隶身体稍自由。

古代艺术家身体上受创伤，心理上也受创伤，常云“文穷而后工”；厨川白村的《苦闷的象征》谓“不自由即奴隶的别名”。艺术是身体或心理受创伤后产生的花朵，是用血泪来培养的。金鱼很好看，是人看他好看，金鱼的本身并不会觉得好看；盆景也如此。在阶级社会里的文艺都是悲惨的，一般有天才的奴隶为要主人赏识，主人免其劳动而养活他，他就歌功颂德，宣扬统治者的思想，为主人所豢养，他帮助主人压迫其同类。技术奴隶如傅说的板筑。因此我们可以说：一，技术是不自由的劳动；二，文艺是不自由的不劳动；三，治术是自由的不劳动；四，帮闲文人寄生者是不自由的不劳动。

当艺术家作为消闲的工具时是消极的罪恶，但当艺术家去替统治者作统治的工具时，就成了积极的罪恶。

除了人民自己的文艺之外，一切的文艺都是奴隶作的。今日的文艺传统不是如《诗经》那样由人民的传统来，而是由奴隶来，所以往往作了奴隶的子孙而不自察。

（二）自由人阶段：——

自封建时代奴隶的解放，就有了自由人，自由人的实际地位是自己选择自己的道路，愿不愿作奴隶？儒家愿作奴隶，道家不愿作奴隶。所以：

一、楚狂避世，怕惹祸。

二、杨朱不合作，为我，先顾自己，不管他人是非。你是你，我是我，我不惹你，你莫管我，但承认人家的势力。

三、程明道，程伊川一个对妓女坐，一个背妓女坐，人家批评他俩一个是目中有妓，心中无妓，一个是目中无妓，心中有妓。这种是忘了你我，逃避在观念社会里，我不见妓女，就没有妓女。

四、庄周梦为蝴蝶，但庄周并不能为蝴蝶。

前三种是逃避他人，庄周却逃避自己。

五、东方朔避世朝廷；小隐山林，大隐朝廷，只要我心里没有官，作了官也等于不作官。

六、唐司马承侦居长安终南山，为作官的终南捷径，后来就作官。

七、先作官而后归隐。

八、可怜主人而去帮忙。

以下道家儒家不能分。这些人象征思想的解放，春秋后此种思想即已产生，东汉魏晋以至今日，都是这一种传统没有变。到了近一百年，除了作自己人的奴隶外，还要作外国人的奴隶。

自由人是被解放了的奴隶，但我们今天还一直跟着这后尘。

上面列举的前四种人的态度是诚恳的，自己求解放，后面几种人都是自己骗自己。由魏晋到盛唐，勉强可以，以后就不行了。唐以后的诗不足观，是人根本要不得。前面的解放只是主观的解放，自己在麻醉自己。自己麻醉不外饮酒，看花，看月，听鸟说甚，对人的社会装聋，表现在艺术作品中的麻醉性，那就更高。魏晋艺术的发展是将艺术作麻醉的工具，阮籍怕脑袋掉是超然，陶潜也是逃避自己而结庐在人境，是积极的为自己。阮是消极的为人，阮对着的是压迫他的敌人，是有反抗性的；陶没有反抗性，他对面没有敌人，故阮比陶高。阮是无言的反抗，陶是无言而不反抗，能在那里听鸟说甚，他更可以要干什么便干什么。[①]

①在本文提纲（手稿）中，此处有“陶无反抗意识，其无言即等于无言的支持”，“主观的放弃，即客观的放纵”等语。

西洋艺术为宗教，解放后的自由人则为艺术而艺术，到贵族打倒后，没有反抗性而变为消极的东西。

总结以上有怠工的奴隶，有开小差的奴隶，有以罢工抬高价钱的奴隶。各种奴隶都有，但没有想作主人的。这些人虽间不容发，但是都没有想到当主人。倒是农民想要当主人反而当成了，如刘邦、朱元璋是；张献忠、李自成、洪秀全等是没有当成功的。士大夫只想做官，只想到最高的理想最大胆的手腕是作一人之下万人之上的宰相。这种人不需要革命，无革命的观念和欲望，故士大夫从来不需要革命。农民从来不得到主人给他的面包渣，骨头，故他可以反抗，可以成功。

往后要作主人，要作无奴隶的主人。

（三）主人阶段：——[①]

自由人不是主人，但像主人，似是而非。士大夫作自由人就够了，无需为主人，等自由人的自由被剥夺了，成了有形的奴隶，他就可以回头来帮助别人革命。最不能安身的是奴隶农民，因为他无处藏身，他就要起来积极地革命。

法西斯要将人都变成奴隶，每个人都有当奴隶的危机，大家要反抗，抗了法西斯，不仅要作自由人，而是要真正作主人。

所以我对于战后文艺的道路有三种看法：

一、恢复战前。

二、实现战前未达到的理想。

三、提高我们的欲望。

前两种都较消极，第三种却是积极的提高，因为打了仗后，人民理想的身价应与今日的通货膨胀一样的增高。今日有人要内战，我们当然要更高的代价，这是历史发展的必然性。战后之文艺的道路是要作主人的文艺。有了战争就产生了我们新的觉悟，我们认清自己身分的本质，我们由作奴隶的身分而往上爬，只看见上面的目的地而只顾往上爬，不知往下看。虽然看见目的地快到，但这是我们的幻觉，这是有随时被人打下来的危险。我们不能单往上看，而是要切实的往下看，要将在上面的推翻了，大家才能在地上站得稳。由这个观点上看：如果我们仅只是追求我们更多的个人自由，让我们藏的更深，那就离人民愈远。今天我们不这样逃，更要防止别人逃，谁不肯回头来，就消灭他！

---

①在本文提纲（手稿）中，此处特注明是“社会主义社会”。

我们大学的学院式的看法太近视，我们在当过更好一点的奴隶以后，对过去已经看得太多，从来不去想别的，过去我们骑在人家颈上，不懂希望及展望将来的前途，书愈读的多，就像耗子一样只是躲，不敢想，没有灵魂，为这个社会所限制住，为知识所误，从来不想到将来。

将来这条道路，不但自己要走，还要将别人拉回来走，这是历史发展的法则。如果还有要逃的，消灭他，服从历史。

（史劲记）

本篇原载于1947年9月出版的《文汇丛刊》第四辑。

# 建设的美术

世界本是一间天然的美术馆。人类在这个美术馆中间住着，天天摹仿那些天然的美术品，同造物争妍斗巧。所以凡属人类所有东西，例如文字、音乐、戏剧、雕刻、图画、建筑、工艺，都是美感的结晶，本不用讲，就是政治、实业、教育、宗教，也都含着几层美术的意味。所以世界文明的进步同美术的进步，成一个正比例。

文明分思想的同物质的两种。美术也分两种，有具体的美术，有抽象的美术。抽象的美术影响于思想的文明。具体的美术影响于物质的文明。我们中国对于抽象的美术，从前倒很讲究，所以为东方旧文化的代表，对于具体的美术，不独不提倡，反而竭力摧残，因此我们的工艺腐败到了极点。

欧战完了。地球上从前那层腐朽的外壳已经脱去了。往日所梦想不到的些希望，现在也不知不觉的达到了。其中有一种反抗陋劣的生活的运动，也渐渐的萌芽了。欧美各国的人天天都在那里大声急呼的鼓吹一种什么叫作国家美术(National Art)。他们都说无论那一个国家，在现在这个二十世纪的时代——科学进步，美术发达的时代，都不应该甘心享受那种陋劣的、没有美术观念的生活，因为人的所以为人，全在有这点美术的概念。提倡美术就是尊重人格。照这样看来，只因为限于世界的潮流，我们中国从前那种顽固不通的、轻视美术的思想，已经应该破除殆尽了。况且从国内情形看起来，象中国这样腐败的工艺，这样腐败的教育，非讲求美术决不能挽救的。现在把怎么挽救这两样东西的方法，同为什么要挽救他们的道理，稍微讲一讲，可见得美术不是空洞的，是有切实的建设力的。

（一）振兴工艺的美术

纳斯根（John Ruskin）说，“生命无实业是罪孽，实业无美术是兽性（Life without industry is guilt, industry without art is brutality）。”我们中国当宋、明、清富强的时期，美术最发达，各种工艺例如建筑、陶瓷、染织、刺绣、髹漆、同金玉雕刻，也很有成绩。只到清朝咸、同以后，美术凋零了，工艺也凋零了。社会的生活呈一种萎靡不振的病气。建房屋的、制家具的、造器皿的都是潦草塞责，完全失了他们从前做手艺的趣味。所制造出来的东西都是粗陋呆蠢到万分，令人看着，几几乎要不相信这种工艺界从前还会有那一段光明的历史。所以现在要整顿工艺，当然不能不先讲求美术。

在没有讨论美术应该如何讲求的方法以前，我们先有一个问题要解决，就是我们要振兴工艺，是抱定一个什么目的。一国的工艺产品，假设尽仗着国内的销行，是不中用的。最要紧是在国外能够销行得多。这本是商学的定理，不待细讲。

我们从来没看见一个外国人不喜欢我们旧时的瓷器、陶器、铜锡器、丝织物、刺绣品、髹漆器、同金玉器的。质而言之，只要是纯粹的中国的工艺美术品，决没有不受外国人的欢迎的。自然在我们自己的眼光看起来，这些东西都是很平常，总没有舶来品的新鲜。我们的工商界因此就以为中国货果然是不如外国货。于是拼命的仿效外国。把顶好的瓷器上涂了一点不中不西的蔷薇花，或是一双五色旗，就算是改良的了。一般绝无美术知识的人，居然就买他的，因为他很象洋式。那晓得叫外国人看着，真要笑死了呵！我们常听见外国人讲，要买真正的中国东西。我们又常碰着外国人劝我们学我们自己的画，不要学西洋画。所以我们现在不想发达瓷业则已，要想发达瓷业，为什么不赶快恢复从前的宣霁、雍霁、乾霁、康熙美人霁种种的色釉，同从前所行的纯粹中国式的花彩——图案画或景物画，以便去迎合外国人的心理呢？只要我们的景德、醴陵、宜兴等窑的出产都能销到外国去，我们的利权就保住了。那时候，恶魔自己喜欢用东西洋瓷的只管去买真正的东西洋货，还要那些不中不外的假洋货干什么呢？这里所讲的不过挑瓷器一桩做个例，其余各种工艺，可以类推。

上边所讲的中国工艺美术的价值，恐怕有人还不相信。其实照美术学理上分析起来，是一点也不奇怪的。中国画重印象，不重写实，所以透视、光线都不讲。看起来是平坦的，是鸟眼的视景（Bird’s-eye View），是一幅图，不是画。但是印象的精神很足，所以美观还是存在。这种美观不是直接的天然的美，是间接的天然的美，因为美术家取天然的美，经他的脑筋制造一过，再表见出来。原形虽然失了( Decorative Art )最合这种性质。所以中国从前的工艺很发达，也就是这种美术的结果。

我们近来喜欢讲保存国粹画，可不知道怎样保存的法子。“保存”两字不能看死了。凡是一件东西没有用处，就可以不必存在。假设国粹画是真好，我们就应当利用他。与其保存国粹画不如利用国粹。利用是最妙的保存的方法。中国的美术要藉工艺保存。中国的工艺要藉美术发达。

中国人的美术知识还有一个大缺点，就是藐视图案画。装饰美术里边最要紧的一大部分就是图案画。我方才讲过了，中国美术最宜于装饰。中国图案画实在是特别的富于美观。但是图案画的一个名词，在中国画史上是没有的。我们所有的这种美术，全是寻常技师自出的心裁，没有经过学理的研究。我们寻常只知道六朝三大家同吴装的人物，南北两宗的山水，没骨勾勒体的花鸟，同苏赵诸家的墨戏，就是中国的美术。那里知道中国最有价值的美术家，还有历代造陶、瓷器、商嵌、七宝烧、景泰蓝的那些技师？更有谁知道什么制杂花缬的柳婕妤妹，制蜀锦的窦师纶，制神丝绣被的绣工上海顾氏，同漆工张成、杨茂？我们中国人既然有天赋的美术技能，再加上学理的研究，将来工艺的前途，谁能料定？可惜我们自暴自弃，只知道一味的学洋人，学又学不到家，弄得乱七八糟，岂不是笑话吗？日本人学西洋人，总算比我们学西洋人学得高明。但是他们现在也明白了他们自己的美术的价值，竭力提倡保存他们的国粹。我们中国的美术，比日本是怎么样？再不学乖，真是傻了。（未完）

本篇原载于1919年11月《清华学报》第5卷第1期，作者署名闻多。

# 文艺与爱国——纪念三月十八

铁狮子胡同大流血之后《诗刊》就诞生了，本是碰巧的事，但是谁能说《诗刊》与流血——文艺与爱国运动之间没有密切的关系？

“爱国精神在文学里，”我让德林克瓦特讲，“可以说是与四季之无穷感兴，与美的逝灭，与死的逼近，与对妇人的爱，是一种同等重要的题目。”爱国精神之表现于中外文学里已经是层出不穷，数不胜数了。爱国运动能够和文学复兴互为因果，我只举最近的一个榜样——爱尔兰，便是明确的证据。

我们的爱国运动和新文学运动何尝不是同时发轫的？他们原来是一种精神的两种表现。在表现上两种运动一向是分道扬镳的。我们也可以说正因为他们没有携手，所以爱国运动的收效既不大，新文学运动的成绩也就有限了。

爱尔兰的前例和我们自己的事实已经告诉我们了：这两种运动合起来便能够互收效益，分开来定要两败俱伤。所以《诗刊》的诞生刚刚在铁狮子胡同大流血之后，本是碰巧的；我却希望大家要当他不是碰巧的。我希望爱自由，爱正义，爱理想的热血要流在天安门，流在铁狮子胡同，但是也要流在笔尖，流在纸上。

同是一个热烈的情怀，犀利的感觉，见了一片①红叶掉下地来，便要百感交

① “片”原写作“个”，据开明版《闻一多全集》修改。

集，“泪浪滔滔”，见了十三龄童的赤血在地下踩成泥浆子，反而漠然无动于衷。这是不是不近人情？我并不要诗人替人道主义同一切的什么主义捧场。因为讲到主义便是成见了。理性铸成的成见是艺术的致命伤；诗人应该能超脱这一点。诗人应该是一张留声机的片子。钢针一碰着他就响。他自己不能决定什么时候响，什么时候不响。他完全是被动的。他是不能自主，不能自救的。诗人做到了这个地步，便包罗万有，与宇宙契合了。换句话说，就是所谓伟大的同情心——艺术的真源。

并且同情心发达到极点，刺激来得强，反动也来得强，也许有时仅仅一点文字上的表现还不够，那便非现身说法不可了。所以陆游一个七十衰翁要“泪洒龙床请北征”，拜伦要战死在疆场上了。所以拜伦最完美，最伟大的一首诗也便是这一死。所以我们觉得诸志士们三月十八日的死难不仅是爱国，而且是最伟大的诗，我们若得着死难者的热情的一部分，便可以在文艺上大成功；若得着死难者的热情的全部，便可以追他们的踪迹，杀身成仁了。

因此我们就将《诗刊》开幕的一日最虔诚的献给这次死难的志士们了！

本篇原载于1926年4月1日《晨报》副刊《诗镌》第1号。

# 说　　舞

一场原始的罗曼司

假想我们是在参加着澳洲风行的一种科罗泼利（Corro-Borry）舞。

灌木林中一块清理过的地面上，中间烧着野火，在满月的清辉下吐着熊熊的赤焰。现在舞人们还隐身在黑暗的丛林中从事化装。野火的那边，聚集着一群充当乐队的妇女。忽然林中发出一种坼裂声，紧跟着一阵沙沙的磨擦声——舞人们上场了。闯入火光圈里来的是三十个男子，一个个脸上涂着白垩，两眼描着圈环，身上和四肢画着些长的条纹。此外，脚踝上还系着成束的树叶，腰间围着兽皮裙。这时那些妇女已经面对面排成一个马蹄形。她们完全是裸着的。每人在两膝间绷着一块整齐的鼦鼠皮。舞师呢，他站在女人们和野火之间，穿的是通常的鼦皮围裙，两手各执一棒。观众或立或坐的围成一个圆圈。

舞师把舞人们巡视过一遭之后，就回身走向那些妇女们。突然他的棒子一拍，舞人们就闪电般的排成一行，走上前来。他再视察一番，停了停等行列完全就绪了，就发出信号来，跟着他的木棒的拍子，舞人们的脚步移动了，妇女们也敲着鼦皮唱起歌来。这样，一场科罗泼利便开始了。

拍子愈打愈紧，舞人的动作也愈敏捷，愈活泼，时时扭动全身，纵得很高，最后一齐发出一种尖锐的叫声，突然隐入灌木林中去了。场上空了一会儿。等舞师重新发出信号，舞人们又再度出现了。这次除舞队排成弧形外，一切和从前一样。妇女们出来时，一面打着拍子，一面更大声地唱，唱到几乎嗓子都要裂了，于是声音又低下来，低到几乎听不见声音。歌舞的尾声和第一折相仿佛。第三、四、五折又大同小异地表演过了。但有一次舞队是分成四行的，第一行退到一边，让后面几行向前迈进，到达妇人们面前，变作一个由身体四肢交锁成的不可解的结，可是各人手中的棒子依然在飞舞着。你直害怕他们会打破彼此的头。但是你放心，他们的动作无一不遵守着严格的规律，决不会出什么岔子的。这时情绪真紧张到极点，舞人们在自己的噪呼声中，不要命的顿着脚跳跃，妇女们也发狂似的打着拍子引吭高歌。响应着他们的热狂的，是那高烛云空的火光，急雨点似的劈拍的喷射着火光。最后舞师两臂高举，一阵震耳的掌声，舞人们退场了，妇女和观众也都一哄而散，抛下一片清冷的月光，照着野火的余烬渐渐熄灭了。

这就是一场澳洲的科罗泼利舞，但也可以代表各地域各时代任何性质的原始舞，因为它们的目的总不外乎下列这四点：（一）以综合性的形态动员生命，（二）以律动性的本质表现生命，（三）以实用性的意义强调生命，和（四）以社会性的功能保障生命。

## 综合性的形态

舞是生命情调最直接，最实质，最强烈，最尖锐，最单纯而又最充足的表现。生命的机能是动，而舞便是节奏的动，或更准确点，有节奏的移易地点的动，所以它直是生命机能的表演。但只有在原始舞里才看得出舞的真面目，因为它是真正全体生命机能的总动员，它是一切艺术中最大综合性的艺术。它包有乐与诗歌，那是不用说的。它还有造型艺术，舞人的身体是活动的雕刻，身上的文饰是图案，这也都显而易见。所当注意的是，画家所想尽方法而不能圆满解决的光的效果，这里借野火的照明，却轻轻的抓住了。而野火不但给了舞光，还给了它热，这触觉的刺激更超出了任何其它艺术部门的性能。最后，原始人在舞的艺术中最奇特的创造，是那月夜丛林的背景对于舞场的一种镜框作用。由于框外的静与暗，和框内的动与明，发生着对照作用，使框内一团声音光色的活动情绪更为集中，效果更为强烈，藉以刺激他们自己对于时间（动静）和空间（明暗）的警觉性，也便加强了自己生命的实在性。原始舞看来简单，唯其简单，所以能包含无限的复杂。

## 律动性的本质

上文说舞是节奏的动，实则节奏与动，并非二事。世间决没有动而不成节奏的，如果没有节奏，我们便无从判明那是动。通常所谓“节奏”是一种节度整齐的动，节度不整齐的，我们只称之为“动”，或乱动，因此动与节奏的差别，实际只是动时节奏性强弱的程度上的差别。而并非两种性质根本不同的东西。上文已说过，生命的机能是动，而舞是有节奏的移易地点的动，所以也就是生命机能的表演。现在我们更可以明白，所谓表演与非表演，其间也只有程度的差别而已。一方面生命情绪的过度紧张，过度兴奋，以至成为一种压迫，我们需要一种更强烈，更集中的动，来宣泄它，和缓它。一方面紧张与兴奋的情绪，是一种压迫，也是一种愉快，所以我们也需要在更强烈，更集中的动中来享受它。常常有人讲，节奏的作用是在减少动的疲乏。诚然。但须知那减少疲乏的动机，是积极而非消极的，而节奏的作用是调整而非限制。因为由紧张的情绪发出的动是快乐，是可珍惜的，所以要用节奏来调整它，使它延长，而不致在乱动中轻轻浪费掉。甚至这看法还是文明人的主观，态度还不够积极。节奏是为减轻疲乏的吗？如果疲乏是讨厌的，要不得的，不如干脆放弃它。放弃疲乏并不是难事，在那月夜，如果怕疲乏，躺在草地上对月亮发愣，不就完了吗？如果原始人真怕疲乏，就干脆没有舞那一套，因为无论怎样加以调整，最后疲乏总归是要来到的，不，他们的目的是在追求疲乏，而舞（节奏的动）是达到那目的最好的通路。一位著者形容新南威尔斯土人的舞说：“……鼓声渐渐紧了，动作也渐渐快了，直至达到一种如闪电的速度。有时全体一跳跳到半空，当他们脚尖再触到地面时，那分开着的两腿上的肉腓，颤动得直使那白垩的条纹，看去好象蠕动的长蛇，同时一阵强烈的嘶~~声充满空中（那是他们的喘息声）。”非洲布须曼人的摩科马舞（Mokoma）更是我们不能想象的。“舞者跳到十分疲劳，浑身淌着大汗，口里还发出千万种叫声，身体做着各种困难的动作，以至一个一个的，跌倒在地上，浴在源源而出的鼻血泊中。因此他们便叫这种舞作摩科马，意即血的舞。”总之，原始舞是一种剧烈的，紧张的，疲劳性的动，因为只有这样他们才体会到最高限度的生命情调。

## 实用性的意义

西方学者每分舞为模拟式的与操练式的二种，这又是文明人的主观看法。二者在形式上既无明确的界线，在意义上尤其相同。所谓模拟舞者，其目的，并不如一般人猜想的，在模拟的技巧本身，而是在模拟中所得的那逼真的情绪。他们甚至不是在不得已的心情下以假代真，或在客观的真不可能时，乃以主观的真权当客观的真。他们所求的只是那能加强他们的生命感的一种提炼的集中的生活经验——一杯能使他们陶醉的[①]醇醴而酷烈的酒。只要能陶醉，那酒是真是假，倒不必计较，何况真与假，或主观与客观，对他们本没有多大区别呢！他们不因舞中的“假”而从事于舞，正如他们不以巫术中的“假”而从事巫术。反之，正因他们相信那是真，才肯那样做，那样认真的做（儿童的游戏亦复如此）。既然因日常生活经验不够提炼与集中，才要借艺术中的生活经验——舞来获得一醉，那么模拟日常生活经验，就模拟了它的不提炼与不集中，模拟得愈像，便愈不提炼，愈不集中，所以最彻底的方法，是连模拟也放弃了，而仅剩下一种抽象的节奏的动，这种舞与其称为操练舞，不如称为“纯舞”，也许还比较接近原始心理的真相。一方面，在高度的律动中，舞者自身得到一种生命的真实感（一种觉得自己是活着的感觉），那是一种满足。另一方面，观者从感染作用，也得到同样的生命的真实感，那也是一种满足，舞的实用意义便在这里。

## 社会性的功能

或由本身的直接经验（舞者），或者感染式的间接经验（观者），因而得到一种觉着自己是活着的感觉，这虽是一种满足，但还不算满足的极致。最高的满足，是感到自己和大家一同活着，各人以彼此的“活”互相印证，互相支持，使各人自己的“活”更加真实，更加稳固，这样满足才是完整的，绝对的。这群体生活的大和谐的意识，便是舞的社会功能的最高意义，由和谐的意识而发

①原无“的”字，根据开明版《闻一多全集》增补。

生一种团结与秩序的作用，便是舞的社会功能的次一等的意义。关于这点，高罗斯（Ernest Groose）讲得最好："在跳舞的白热中，许多参与者都混成一体，好像是被一种感情所激动而动作的单一体。在跳舞期间，他们是在完全统一的社会态度之下，舞群的感觉和动作正象一个单一的有机体。原始跳舞的社会意义全在乎统一社会的感应力。他们领导并训练一群人，使他们在一种动机，一种感情之下，为一种目的而活动（在他们组织散漫和不安定的生活状态中，他们的行为常被各个不同的需要和欲望所驱使）。它至少乘机介绍了秩序和团结给这狩猎民族的散漫无定的生活中。除战争外，恐怕跳舞对于原始部落的人，是唯一的使他们觉着休戚相关的时机。它也是对于战争最好的准备之一，因为操练式的跳舞有许多地方相当于我们的军事训练。在人类文化发展上，过分估计原始跳舞的重要性，是一件困难的事。一切高级文化，是以各个社会成分的一致有秩序的合作为基础的，而原始人类却以跳舞训练这种合作。"舞的第三种社会功能更为实际。上文说过，主观的真与客观的真，在原始人类意识中没有明确的分野。在感情极度紧张时，二者尤易混淆，所以原始舞往往弄假成真，因而发生不少的暴行。正因假的能发生真的后果，所以他们常常因假的作为钩引真的媒介。许多关于原始人类战争的记载，都说是以跳舞开场的，而在我国古代，武王伐纣前夕的歌舞，即所谓"武宿夜"者，也是一个例证。

本篇原载于1944年3月19日《生活导报》第60期。

# 昆明的文艺青年与民主运动

在抗战期间，昆明是后方，留在此地的本地人，和外面逃来的外省人，不管他们的目的是生产工作，还是逃难，或二者兼而有之，总之，他们是离着战争很远。在所有的大都市中，昆明无疑是最后的后方。虽然有一个时期，它几乎变成了前方，但那个威胁并没有成为事实。这并不是说在昆明的人没有受到战争的痛苦，恰恰相反，昆明人的苦难比谁都深沉，这是因为除了物质损失以外，在抗战期中，八年来昆明人精神上留下的伤痕最深，因为这里的灾难，与其说是敌人造成的，无宁说是自家人的赐予。抗战是我们自己要求的，为抵抗敌人的侵略而流血流汗，我们心甘情愿。但是眼看见自家人分明在给自家人造灾难，那就不能不使我们惶恐了。是的，我们惶恐了一个时期，我们苦闷，我们想，最后我们想通了，我们明白了，于是从一个民族的自卫战争中，孕育出一个民主自救的运动来了。民主运动是民族战争的更高一级的发展。更高的发展是由于更深的体验[①]和更深的觉悟。

正如在抗战时期，武汉是民族战争的前卫，在抗战末期，昆明是民主运动的先锋。也正如当武汉负起它的民族战争前卫的任务时，文艺曾经是一个最活跃的工作部门，昆明的文艺工作者在民主运动中的贡献，历史将会证明它是不

① “验”原写作“念”，参酌文意修改。

容低估的。这不是说这里产生了多少伟大的作家和作品，而是说这里的文艺工作者是真正为人民服务了的一群。他们一面曾将文艺的种子散播在民间，一面又曾将人民的艺术介绍给都市的知识层。通过文艺的桥梁，这里的诗歌、音乐和戏剧工作者已经开始把农村和都市联系起来了。正如民主的争取是一件长期艰苦的工作，今天昆明的文艺工作者的工作成效，也许得见之于五年，十年，乃至二十年以后，但这成效必然是伟大的。

经过胜利复员之后，今后昆明文艺工作队伍必然要有些变化。继起的后备军自然是今天昆明广大的知识青年。希望他们认定此地的文艺工作者已经开辟了的道路，继续为人民服务和向人民学习。不要忘记西南的人民，尤其是那些少数民族，是今天受苦难最深的中国农民，也是代表最优良的农民品质的中国农民。西南是我们最好的工作与学习的园地。昆明的文艺青年不应辜负这块园地，相反的，应该勤劳的垦殖它，把它变成更坚强的民主力量。都市中知识层的民主运动，已经由昆明的发动而广泛的展开了，希望将来广大的劳动人民的民主运动，也从昆明发轫，而充当这运动的先锋的，应该是今天昆明的文艺青年。

本篇原载于1946年昆明出版的《今日文艺》。

闻一多诗文集

# 散文杂文

闻一多是一位诗人，以诗歌闻名于世；同时，他还是一位散文家，作品虽然不多，但也颇见功底。闻一多的散文创作以杂文为主，分为清华求学和昆明两个时期。所写的散文分为两类：一类是写景的散文，仅《青岛》一篇，结构巧妙，浓墨绘彩，见其诗情画意，弥足珍贵；另一类是杂文，其风格直追鲁迅，明快激烈过之，曲折隐晦不如。

闻一多一生历经诗人、学者、斗士三个阶段，最后以自己的鲜血和生命谱写了一曲最壮丽的诗篇。“诗人”时期，写过著名的杂文《文艺与爱国——纪念三月十八》；在“学者”时期，写过《〈西南采风录〉序》《端阳节的历史教育》《时代的鼓手》《文学的历史动向》，都是中国现代思想史上不可多得的文献，是中国现代战斗杂文史上不可多得的珍品。

如果说他前期的创作是作为一个纯粹的诗论大家的特征表现，那么他后期的创作则更多地能表现出作为“斗士”的一面。尤其是在他后期所进行的杂文创作，充满了战斗精神，是他为民主而斗争的有力武器。

闻一多的杂文内容广泛，议论深刻，形式多样，表现方式多姿多彩：①历史考据性的杂文，如《龙凤》《端阳节的历史教育》；②历史上的思潮和流派的研究和批判的杂文，如《什么是儒家》《关于儒·道·土

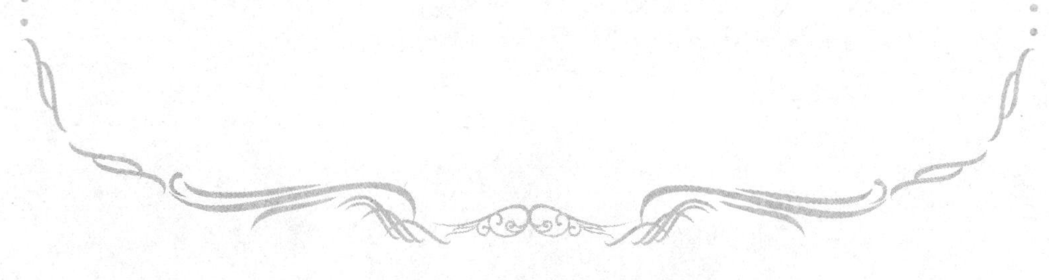

匪》；③社会思想和文学问题的评论杂文，如《复古的空气》《文学的历史动向》《时代的鼓手》；④历史和现实的运动的断想和记述的杂文，如《五四断想》；⑤序跋，如《西南采风录》；⑥书信，如《致臧克家》；⑦最的是关于社会政治、思想和文艺问题的演说，如《诗与批评》《最后一次的演讲》。

闻一多的杂文继承发扬五四反封建的精神，从对儒家思想的剖析出发，进而批评了传统文化中的糟粕，标志其批判理性的成熟。纵观闻一多先生的30多篇杂文（包括演讲录在内），绝大多数写于抗战后期——内战爆发前，是用生命写就的争民主，争自由，追求光明的诗篇，具有现实战斗主义。诗人本质的闻一多，其杂文体现了诗与政治结合的特色，是其真善美人格的集中体现，有审美教育意义。

闻一多的杂文有鲁迅的老辣和深刻，瞿秋白的诙奇和明快，但也有自己独特的风貌，这就是由新的历史环境和作家鲜明的个性熔铸成的那种特有的凝聚力和爆发力。

本书选取了闻一多先生各个时期所创作的散文、杂文作品，反映出他各个时期思想和艺术观念的变化。作为一个爱国的、笃信民主、热爱人民，并为之奋斗至死的正气浩然的知识分子，作为一个诗人、学者、民主战士，反映他的全人全貌，还应该不要忘记他的杂文创作。

# 旅客式的学生

洋楼，电话，电灯，电铃，汽炉，自来水；体育馆，图书馆，售品所，“雅座”，电影；胡琴，洋笛，中西并奏，象棋，“五百”，夜以继日，厨房听差，应接不暇，汽车胶皮，往来如织——你看！好大一间清华旅馆！“只此一家”“中外驰名”的旅馆！如何叫他的生意不发达呢？于是官僚来养病，留学生来候补差事，公子少爷们来等出洋——我说“等”出洋，不是预备出洋。旅馆的生活好了。掌柜的变大意了，瞧不起旅客了！旅客不肯受他的欺负，就闹起来要改良旅馆。诸位！想一想，你们旅客有什么权柄可以要求旅馆改良！你们爱住不住！你们改良了旅馆，于你们有什么利益？等到旅馆改良了，你们已经走了。

中国有一位文学家讲，“天地者万物之逆旅。”呸！这是什么话？中国的文化的退步，就是这般非人的思想的文学家的罪孽。人类是进化的。我们生到这个世界来，这个世界就是我们的。我们的天性叫我们把这个世界造成如花似锦的，所以我们遇着事，不论好坏，就研究，就批评，找出缺点，就改良。这是人的天性，没有这种天性，人不会从下等动物进化到现在的地位，失这种天性，社会就会[①]退化到本来的地位。

我们把眼光放开看，我们是社会的一分子。学校是社会里一种组织，我

①原手稿无“就会”二字，参酌文意补充。

们应该改良社会，就应从最切近的地方——我们的学校做起点。学校是我们的家——不是我们的旅馆。学校之中，学生是主体，职员，教员，校役都是客听。对于学校，我们不负责任，谁负责任呢？有人自视为世界的旅客，就失了做人的资格；有学生自视为学校的旅客，就失了做学生的资格。

旅客式的学生有三种。对待他们的方法有四种。实行这四种方法，才是真正的改良。

（一）旅客式的少爷学生。贵胄子弟，自己可以出洋的，年纪太轻，不能立刻出洋，先要在本国等一等！但上了别的学校，又太吃苦了，只有清华旅馆里“百应俱全”，刚合少爷们的身份。所以他们除了打球，唱戏，“雅座”，售品所以外，不知道别的。对于功课，用“满不在乎”四字了结他。横竖他们是不靠毕业出洋的，他高兴几时走，就几时走。这种旅客式的学生，是人人承认的。

（二）旅客式的孩子学生。清华中等科的学生有住过高等小学的，有住过初等小学的，有住过幼稚园的，有什么也没有住，乳臭未干的婴儿，总之真正高小毕业，刚合中等科程度的有几个？这般同学，当然不[①]能怪他们没有承认的思想。等他们毕了中等科的业，到高等一二年级，还是年纪很轻。就算到了成人的年岁，还脱不了孩子气。他们初进学校的目的，固然跟少爷学生不同，不过他们的行为跟少爷们一样的。他们年幼连自己本身都顾不了，还说别的吗？

（三）旅客式的书虫学生。有一般人本知道学校应该改良，但是出洋问题要紧。功课一急竞争的烈，每天点洋烛的工夫都不够，不用说别的。所以他们目击各种腐败的情形，也知道叹一口气道曰：“没有法子！”这种学生，也就是旅客式的学生。他们是读书的旅客，同那打球，唱戏，“雅座”，售品所的旅客，不过是臧与榖的比例。

以下是整顿旅客式的学生的方法。

第一种旅客式的少爷学生可算是不可救药了。他们横竖不是来念书的。如果要住旅馆，他们有的是钱，六国饭店，比清华旅馆舒服得多呢。

第二种，对于旅客式的孩子学生，也没有别的办法。他们没有到上学的年纪，最好是不要来，免得他们的父母担忧。他们上学还要带听差来替他们铺床叠被，收检衣服；他们不会用功，还要请高等科的学生当他们的“指导员”。清华中等科不是幼稚园，高等科的学生，也不是来替人家管孩子的，这些幼稚园的儿童

①原稿无“不”字，参酌文意补充。

应该送到幼稚园里去。

第三种，旅客是的书虫学生，我们只好鼓励他们，劝他们，把读书的勇气，分一点到书本外头来。

第四种，在学生一方面，固然应当自己觉悟，打破这种旅客式的思想，但是学校一方面，也应当有一番整顿，使得那些旅客式的少爷，孩子们，不会混到学堂里来，并且同时解放这种玉成学生的奴[1]隶性的积分制度，庶几学生不致把一切都牺牲到书卷本里去了。

本篇原载于1920年4月24日《清华周刊》第185期，作者署名闻多。

①原稿无“奴”字，参酌文意补充。

# 家族主义与民族主义

周初是我们历史的成年期，我们的文化也就在那时定型了。当时的社会组织是封建的，而封建的基础是家族，因此我们三千年来的文化，便以家族主义为中心，一切制度，祖先崇拜的信仰，和以孝为核心的道德观念等等，都是从这里产生的。与家族主义立于相反地位的一种文化势力，便是民族主义。这是我们历史上比较晚起的东西。在家族主义的支配势力之下，它的发展起初很迟钝，而且是断断续续的，直至最近五十年，因国际形势的刺激，才有显著的持续的进步。然而时代变得太快，目前这点民族意识的醒觉，显然是不够的。我们现在将三千年来家族主义与民族主义两个势力发展的情形，作一粗略的检讨，这对于今后发展民族主义许是应有的认识。

上文已经说过，建立封建制度的基础是家族制度。但封建制度的崩溃，也正由于它这基础。一个最强固的家族，是在它发展得不大不小的时候。太小固然不足以成为一个力量，太大则内部散漫，本身力量互相抵消，因此也不能成为一个坚强统一的有机体。封建的重心始终在中层的大夫阶级，理由便在此。重心在大夫，所以侯国与王朝必趋于削弱，以至制度本身完全解体。一方面封建制度下所谓国，既只是一群家的组合体，其重心在家而不在国；另一方面国与国间的地理环境，既无十分难以打通的天然墙壁。而人文方面，尤其是文字的统一，处处都是妨碍任何一国发展其个别性的条件，因此在列国之间，类似民族主义的观念便无从产生。春秋时诚然喊过一度“尊王攘夷”的口号，但是那“夷”毕竟太容易“攘”了（有的还不待攘而自被同化），所以也没有逼出我们的民族主义来。我们一直在为一种以家族主义为基础的天下主义努力，那便是所谓“天下一家”的理想。到了秦汉，这理想果然实现了。就以家族主义为基础的精神看来，郡县只是抽掉了侯国的封建——一种阶层更简单，组织更统一，基础更稳固的封建制度，换言之，就是一种更彻底，更合理的家族主义的社会组织。汉人看清了这一点，索性就以治家之道治天下，而提倡孝，尊崇儒术。这办法一直维持了二千余年，没有变过，可见它对于维持内部秩序相当有效。可惜的是一个国家的问题不仅从内部发生，因而家族主义的作用也就有时而穷了。

自汉朝以孝行为选举人才的标准，渐渐造成汉末魏晋以来的门阀之风，于是家族主义更为发达。突然来临的五胡乱华的局面，不但没有刺激我们的民族主义，反而加深了我们的家族主义。因为当时的人是用家族主义来消极的抵抗外患。所以门阀之风到了六朝反而更盛，如果当时侵入的异族讲了民族主义，一意要胡化中国，我们的家族主义未尝不可变质为民族主义。无奈那些胡人只是学华语、改汉姓，一味向慕汉化，人家既不讲民族主义，我们的民族主义自然也讲不起来。一方面我们自己想借家族主义以抵抗异族，一方面异族也用釜底抽薪的手段，附和我们的家族主义，以图应付我们，于是家族主义便愈加发达，而民族意识便也愈加消沉。再加上当时内侵的异族本身，在种族方面万分复杂，更使民族主义无从讲起。结果到了天宝之乱，几乎整个朝廷的文武百官，都为了保全身家性命，投降附逆了。一位“麻鞋见天子，衣袖露两肘”的诗人便算作了不得的忠臣，那时代的忠的观念之缺乏，真叫人齿冷！这大概是历史上民族意识最消沉的一个时期了。

然而唐初已开始设法破坏门阀，而轻明经、重进士的选举制度也在暗中打击拥护家族主义的儒家思想，这些措施虽未能立刻发生影响而消灭门阀观念，但至少中唐以下，十分不尽人情的孝行是不多见了。（韩愈辩讳便是孝的观念在改变中之一例。）这是历史上一个重要的转捩点。因为老实说，忠与孝根本是冲突的，若非唐朝先把孝的观念修正了，临到宋朝，无论遇到多大的外患，还是不会表现那么多忠的情绪的。孝让一步，忠才能进一步，忠孝不能两全，家族主义与民族主义不能并立，不管你愿意与否，这是铁的事实。

历史进行了三分之二的年代，到了宋朝，民族主义这才开始发芽，迟是太迟，但仍然是值得庆幸的。此后的发展，虽不是直线的，大体说来，还是在进步着。从宋以下，直到清末科举被废，历代皆以经义取士，这证明了以孝为中心思想的家族主义，依然在维持着它的历史的重要性。但蒙古满清以及最近异族的侵略，却不断的给予了我们民族主义发展的机会，而且每一次民族革命的爆发，都比前一次更为猛烈，意识也更为鲜明。由明太祖而太平天国，而辛亥革命，以至目前的抗战，我们确乎踏上了民族主义的路。但这条路似乎是扇形的，开端时路面很窄，因此和家族主义的路两不相妨，现在路面愈来愈宽，有侵占家族主义的路面之势，以至将来必有那么一天，逼得家族主义非大大让步不可。家庭是永远不能废的，但家族主义不能存在。家族主义不存在，则孝的观念也要大大改变，因此儒家思想的价值也要大大减低了。家族主义本身的好坏，我们不谈，它妨碍民族主义的发展是事实，而我们现在除了民族主义没有第二条路可走（因为这是到大同主义必经之路），所以我们非请它退让不可。

有人或许以为讲民族主义，必须讲民族文化，讲民族文化必须以儒家为皈依。因而便不得不替家族主义辩护，这似乎是没有认清历史的发展。而且中国的好东西至少不仅仅是儒家思想，而儒家思想的好处也不在其维护家族主义的孝的精神。前人提过“移孝作忠”的话，其实真是孝，就无法移作忠；既已移作忠，就不能再是孝了。倒是“忠孝不能两全”真正一语破的了。

本篇原载于1944年3月1日昆明《中央日报》第2版“周中专论”栏。

# 伟大的事实 不朽的意义

——给教导团诸君致敬

正如日前天空中有一个人一生见不到一次的“白虹贯日”的异象显现，我却在屋子里乱忙没有看见，我们也常常让伟大的历史从我们身边过去，当时漫不经心，却等事后再去追怀、向往，去悬旗，放假，在纪念会中慷慨陈词、溢洋赞叹。假如我们能将那份热情，就在当时，亲手献给那些活生生的历史英雄，说不定那对于他们更是一个实惠，他们带着那份慰藉与同情，在艰辛困苦的搏斗中说不定会更有勇气，更有力量，能创造出更瑰伟的奇迹来。这次由青年知识分子组成的教导团第一团第一二三营诸君过昆飞印的壮举，无疑是伟大历史中最伟大的一页。它应当是这几日报纸上最大的标题甚至号外的资料，它应该在举国若狂的欢呼与流泪中接受更多的热，好叫它自己的成就发出更大的光。然而我们这生活在八股传统里的民族，只会在粉墙上写“好男儿，要当兵”一类的官样文章，等真正的“好男儿”露了面，反让他们悄悄的自来自去，连一个招呼也没有。试想这是一个什么国度！没有同情，没有热，是麻木不仁？还是忘恩负义？不过也许惟其如此，“好男儿”们才更觉可敬，可佩。伟大的永远是孤寂的。让千百年后流着感激的泪，腾起赞美的歌声，但在他们自己的岁月中，悄悄的自来自去，正是他们的风度。

旧式的营伍训练，目的只在教士兵的心理上消除恐惧，鼓起勇气，增加忿怒，盲目地服从长官。这些为旧式的战争是足够的，但对于使用新式武器的[①]新式的战争就不适合了。据说机械化的进步产生了一种新的训练方法的需要，一个新式士兵必须知道如何同一小队士兵合作，如何作临机应变的决定，如何用自己的眼光来判断。只是听人指挥，受人驱策，说打就打，说死就死，像诗人邓尼孙在《六百壮士冲锋歌》里所说的一般，在九十年前行，今天在坦克车上，在装配机关枪的摩托车上，士兵也会打，也会死，但也要了解为何而打，为何而死。这种战争的变质，已够说明了为应付现阶段战争，我们兵员的来源应该在那里。仅仅具有奋勇与耐劳等美德的从农民出身的战士，可以担当前几期抗战的任务，那便是消极的使我们少败一点的任务。但目前的工作是与盟邦合作，运用真正近代的战术来积极的争取胜利，我们知道能担当这样工作的战士，除了上述诸美德外，还需要知识与机警。所以最有资格充当这种战士的，无非是青年知识分子。情势不许我们再弥留在少败一点的局面中，我们得赶紧攫取胜利，时机已经来到，我们非拿出"最后一张牌"不可，为了民族的永生，我们不能再吝惜我们最宝贵的血。果然知识青年认清了时代的使命，站起来了，承受了他们的责任，谈[②]胜利，这才是我们最确切的胜利的保证。然而教导团的意义还不止此。在建国的工作中，如同在抗战的工作中一样，他们也享有不朽的光辉。因为我们知道战术的近代化不只在器械，也包括了运用器械的人，而人究竟比器械更重要，所以他们又实在代表了我们国防近代化的开端。

以上关于教导团在抗战与建国工作上双重的军事意义，是比较浅而易见的，现在我们还指出另外两种也许更深远的意义。在二千年君主政治之下，国家的土地和与土地不能分离的生产奴隶——人民，都是帝王们的私产。奴隶照例得平时劳力，战时卖命，反正他们是工具，不是"人"。只有那由部分的没落的贵族，和部分的超升的奴隶组成的士大夫阶级，因为替帝王当管家，任官吏，而特蒙恩宠，他们才享受"人"的权利，既不必十分劳力，也不需要卖命。只是遇到财产的安全发生了问题，管家这才有时不能不在比较没有生命危险的"运筹帷幄"的方式之下尽其捍卫之责，那便是所谓儒将了。这种工作其实并不是他们的职责，

① "新式武器的"原写作"新式的武器"，根据1948年开明书店出版的《闻一多全集》所改。

② "谈"字处原文稿不清，参酌文意补充。

他们只是以“票友”的资格来参加的。至于那真正需要卖命的士卒的任务，自然更不在他们分内。所谓“好人不当兵”，便等于说“管家不管卖命”。本来管的是旁人的家，为旁人的事卖自己的命，“好人”当然不干，所以自古只闻有儒将(数目也不太多),不闻有“儒兵”之称。这一切的症结只在国家的主人是帝王，在管家的看来，谁做主人不都是一样？犯得上为新旧主人间的厮杀卖自己的命吗？但是如果谁自己想当主人，那情形就不同了，那他就不妨把自己的家族变成子弟兵，而自身也得身先士卒，做个卖命的表率。这一来，问题的真相便更明白了，要“好人”当兵，便非允许他做自家的主人不可。在原则上，辛亥革命以后，每一个中华民国的国民已经取得了主人的资格，但打了七年仗，为什么直到最近，才有真正的“儒兵”出现呢？这可见我们的“好人”一向只以得到主人的名为满足，而不顾主人的实，所以他们既不愿意尽主人的义务，也不大关心于主人的权利。今天成千的青年知识分子，为了一个神圣的呼唤，站起来了，准备以他们那宝贵的“好人”的血捍卫他们自己的“家”，这是二千年来“好人”阶级第一次决心放弃“管家”的职业，亲身负起主人的责任。我们相信义务与权利之不可分离，有其绝对的必然性，所以我们看出成千的尽义务的身手，也就是讨权利的身手，正如那数目更为广大的在各级学校里尽义务的唇舌，也就是索权利的唇舌一样。

不要忽略知识青年从军的政治意义，这是民主怒潮中最英勇的急先锋。先尽义务，不怕权利不来，人民进步了，政府也必然进步！

至于在君主政治下，那不属于管家阶级的不会想，不会讲的人群，在主人眼里原是附属于土地上的一种资产，既是资产，就可被爱惜，也可供挥霍，全凭主人的高兴，所以卖命几乎是这般人不容旁贷的责任。所谓“寓兵于农”，便等于说：“劳了力的还要卖命，卖命的也要劳力。”

为什么没听说：“寓兵于士”呢？是否“好人”既不屑劳力，更说不上[①]卖命呢？好了，君主政治下是谈不到平等的，所以，我们要民主。但是中华民族抗战了七年，也还一向是某一种出身的人单独担任着“成仁”的工作，这是平等吗？姑无论在那种不平等的状态下，胜利未见真能到手，即令能够，这样的胜利，与其说是光荣，不如说是耻辱。因此我们又得感谢这群青年，耻辱已经由他们开始洗清了，他们已正式加入了伟大的行列，分担着艰难的责任。为了

①“更说不上”原写作“说不上更”，根据开明书店1948年出版的《闻一多全集》所改。

他们的行动，从今天起，中国人再无须有“好人”与“非好人”的分别，又是知识青年从军所代表的重大的社会意义，这一点也是我们不应忽略的。

知识青年从军运动刚在发轫的期间，它的规模还不够广大，但它的意义是深远的，而且丰富的。如何爱护，并培养这个嫩芽，使它滋生，长大，开出灿烂的花，结成肥硕的果，这是国家，社会，尤其是该团各位长官的责任！但是可爱的孩子们！你们脚下是草鞋，夜间只有一床军毯，你们脸上是什么？风尘，还是菜色？还有身上的，是疮疤，还是伤痕？然而我知道，你们还没上过战场！长官们，好生看着你们的孩子吧！他们的父母会心疼的，何况这些又是国家的光荣，民族的命脉呢！

本篇原载于1944年6月4日昆明《正义报》第二版“星期论文”栏。

# 关于儒·道·土匪

医生临症，常常有个观望期间，不到病势相当沉重，病象充分发作时，正式与有效的诊断似乎是不可能的。而且，在病人方面，往往愈是痼疾，愈要讳疾忌医，因此恐怕非等到病势沉重，病象发作，使他讳无可讳、忌无可忌时，他也不肯接受诊断。

事到如今，我想即便是最冥顽的讳疾忌医派，如钱穆教授之流，也不能不承认中国是生着病，而且病势的严重，病象的昭著，也许赛过了任何历史记录。惟其如此，为医生们下诊断，今天才是最成熟的时机。

向来是“旁观者清”，无怪乎这回最卓越的断案来自一位英国人。这是韦尔斯先生观察所得：

> “在大部分中国人的灵魂里，斗争着一个儒家，一个道家，一个土匪。（《人类的命运》）”

为了他的诊断的正确性，我们不但钦佩这位将近八十高龄的医生，而且感激他，感激他给我们查出了病源，也给我们至少保证了半个得救的希望，因为有了正确的诊断，才谈得到适当的治疗。

但我们对韦尔斯先生的拥护，不是完全没有保留的，我认为假如将“儒家、道家、土匪”改为“儒家、道家、墨家”，或“偷儿、骗子、土匪”，这不但没有损害韦氏的原意，而且也许加强了它，因为这样说话，可以使那些比韦尔更熟悉中国历史和文化的人感觉更顺理成章点，因此也更乐于接受点。

先讲偷儿和土匪，这两种人作风的不同，只在前者是巧取，后者是豪夺罢了。“巧取豪夺”这成语，不正好用韩非的名言“儒以文乱法，侠以武犯禁”来说明吗？而所谓侠者不又是堕落了的墨家吗？至于以“骗子”代表道家，起初我颇怀疑那徽号的适当性，但终于还是用了它。“无为而无不为”也就等于说：无所不取，无所不夺，而看去又像是一无所取，一无所夺，这不是骗子是什么？偷儿、骗子、土匪是代表三种不同行为的人物，儒家、道家、墨家是代表三种不同的行为理论的人物，尽管行为产生了理论，理论又产生了行为，如同鸡生蛋，蛋生鸡一样，但你既不能说鸡就是蛋，你也就不能将理论与行为混为一谈。所以韦尔斯先生叫儒家、道家和土匪站作一排，究竟是犯了混淆范畴的逻辑错误。这一点表过以后，韦尔斯先生的观察，在基本意义上，仍不失为真知灼见。

就历史发展的次序说，是儒，墨，道。要明白儒墨道之所以成为中国文化的病，我们得从三派思想如何产生讲起。

由于封建社会是人类物质文明成熟到某种阶段的结果，而它自身又确乎能维持相当安定的秩序，我们的文化便靠那种安定而得到迅速的进步，而思想也便开始产生了。但封建社会的组织本是家庭的扩大，而封建社会的秩序是那家庭中父权式的以上临下的强制性的秩序，它的基本原则至多也只是强权第一，公理第二。当然秩序是生活必要的条件，即便是强权的秩序，也比没有秩序的好。尤其对于把握强权、制定秩序的上层阶级，那种秩序更是绝对的可宝，儒家思想便是以上层阶级的立场所给予那种秩序的理论的根据。然而父权下的强制性的秩序，毕竟有几分不自然，不自然的便不免虚伪，虚伪的秩序终久必会露出破绽来，墨家有见于此，想以慈母精神代替严父精神来维持秩序，无奈秩序已经动摇后，严父若不能维持，慈母更不能维持。儿子大了，父亲管不了，母亲更管不了，所以墨家之归于失败，是势所必然的。

墨家失败了，一气愤，自由行动起来，产生所谓游侠了，于是秩序便愈加解体了。秩序解体以后，有的分子根本怀疑家庭存在的必要，甚至咒诅家庭组织的本身，于是独自逃掉了，这种分子便是道家。

一个家庭的黄金时代，是在夫妇结婚不久以后，有了数目不太多的子女，而子女又都在未成年的期间。这时父亲如果能干保持着相当丰裕的收入，家中当然充满一片天伦之乐，即令不然，儿女人数不多，只要分配得平均，也还可以过来相当快乐，万一分配不太平均，反正儿女还小，也不至闹出大乱子来。

但事实是一个庞大的家庭，儿女太多，又都成年了，利害互相冲突，加之分配本来就不平均，父亲年老力衰，甚至已经死了，家务由不很持平的大哥主持，其结果不会好，是可想而知了。儒家劝大哥一面用父亲在天之灵的大帽子实行高压政策，一面叫大家以黄金时代的回忆来策励各人的良心，说是那样，当年的秩序和秩序中的天伦之乐，自然会恢复。他不晓得当年的秩序，本就是一个暂时的假秩序，当时的相安无事，是沾了当时那特殊情形的光，于今情形变了，自然会露出马脚来。墨家的母性慈爱精神不足以解决问题，原因也只在儿女大了，实际的利害冲突，不能专凭感情来解决，这一层前面已经提到。在这一点上，墨家犯的错误，和儒家一样，不过墨家确乎感觉到了那秩序中分配不平均的基本症结，这一点就是他后来走向自由行动的路的心理基础。墨家本意是要实现一个以平均为原则的秩序，结果走向自由行动的路，是破坏秩序。只看见破坏旧秩序，而没有看见建设新秩序的具体办法，这是人们所痛恶的，因为，正如前面所说的，秩序是生活的必要条件。尤其是中国人的心理，即令不公平的秩序，也比完全没有秩序强。

这里我们看出了墨家之所以失败，正是儒家之所以成功。至于道家因根本否认秩序而逃掉，这对于儒家，倒因为减少了一个掣肘的而更觉方便，所以道家的遁世实际是帮助了儒家的成功。因为道家消极的帮了儒家的忙，所以儒家之反对道家，只是口头的，表面的，不像他对于墨家那样的真心的深恶痛绝。因为儒家的得势，和他对于墨道两家态度的不同，所以在上层阶级的士大夫中，道家还能存在，而墨家却绝对不能存在。墨家不能存在于士大夫中，便一变为游侠，再变为土匪，愈沉愈下了。

捣乱分子墨家被打下去了，上面只剩了儒与道，他们本来不是绝对不相容的，现在更可以合作了。合作的方案很简单。这里恕我曲解一句古书，《易经》说“肥遁，无不利”，我们不妨读肥为本字，而把“肥遁”解这肥了之后再遁，那便说一个儒家做了几任“官”，捞得肥肥的，然后撒开腿就跑，跑到一所别墅或山庄里，变成了一个什么居士，便是道家了。——这当然是对己最有利的办法了。甚至还用不着什么实际的“遁”，只要心理上念头一转，就身在宦海中也还是遁，所谓“身在魏阙，心在江湖”和“大隐隐朝市”者，是儒道合作中更高一层的境界。在这种合作中，权利来了，他以儒的名分来承受；义务来了，他又以道的资格说，本来我是什么也不管的。儒道交融的妙用，真不是笔墨所能形容的，在这种情形之下，称他们偷儿和骗子，能算冤曲吗？

“成者为王，败者为寇”“窃钩者诛，窃国者侯”，这些古语中所谓王侯如果也包括了“不事王侯，高尚其事”的道家，便更能代表中国的文化精神。事实上成语中没有骂到道家，正表示道家手段的高妙。讲起穷凶极恶的程度来，土匪不如偷儿，偷儿不如骗子，那便是说墨不如儒，儒不如道。韦尔斯先生列举三者时，不称墨而称土匪，也许因为外国人到中国来，喜欢在穷乡僻壤跑，吃土匪的亏的机会特别多，所以对他们特别深恶痛绝。在中国人看来，三者之中，其实土匪最老实，所以也最好防备。从历史上看来，土匪的前身墨家，动机也最光明。如今不但在国内，偷儿骗子在儒道的旗帜下，天天剿匪，连国外的人士也随声附和的口诛笔伐，这实在欠公允，但我知道这不是韦尔斯先生的本意，因为我知道在他们本国，韦尔斯先生的同情一向是属于那一种人的。

话说回来，土匪究竟是中国文化的病，正如偷儿骗子也是中国文化的病。我们甚至应当感谢韦尔斯先生在下诊断时，没有忘记土匪以外的那两种病源——儒家和道家。韦尔斯先生用《春秋》的书法，将儒道和土匪并称，这是他的许多伟大贡献中的又一个贡献。

本篇原载于1944年7月20日昆明《中央日报》第二版“周中专论”栏。

# 愈战愈强

回忆抗战初期，大家似乎不大讲到“胜利”，那时的心理与其说是胜败置之度外，还不如说是一心想着虽败犹荣。敌人是以“必定胜”的把握向我们侵略，我们是以“不怕败”的决心给他们抵抗。你无非是要我败，我偏偏不怕败，我不怕败，你便没有胜。那时人民的口号是“豁出去了！”“跟你拚了！”政府的策略是“破釜沉舟”，是“置之死地而后生”，人民和政府都不怕败，自然大家也不讳败，结果是我们愈败愈奋勇，而敌人是真把我们没办法。

武汉撤退以后，渐渐听到“争取胜利”的呼声，然而也就透露了怕败的顾虑了。

开罗会议以后，胜利俨然已经到了手似的，而一般现象，则正好表示着一些人的工作，是在“争取失败”。事实昭彰，凡是有眼睛的都看到了，有良心的都指出了，这里无需我再说，我也不忍再说，于是愈是趋向失败，愈是讳言失败，自己讳言失败，同时也禁止旁人言失败。是否表面上“失败”绝迹了，暗地里便愈好制造失败呢？抗战到了这地步，大概也是一种“置之死地而后生”的办法罢？好了，那我以老百姓的资格，也就“豁出去了！”“跟你拚了！”

所以我今天想要算帐！

算帐是一件麻烦事，但不要紧，大的做大的算，小的做小的算，反正从今以后，我不打算有清闲日子了！

比如眼前在我们昆明，就有一笔不大不小的帐值得算一算。

昨天早起出门找报看，第一家报纸给了我一个喜讯，它老老实实地告诉我，衡阳的仗咱们打好一点，我当然很高兴。但是看到第二家报纸，却把我气昏了，就因为那标题中“我军愈战愈强”六个大字。

编辑先生！我是有名有姓的，我虽不知道你姓名，但你也必然有名有姓，你若是好汉，就请出来跟我算清这笔帐！你所谓“愈战愈强”者，如果就是今天另一家报纸标题所谓“愈战愈奋”的意思，那我就原谅你，我可怜你中国人不大会处理中国文字。如果你那“强”字是甚么“四强之一”那类“强”的意思，那我就要控告你两大罪状：一、你侮辱了我们老百姓的人格。二、你出卖了你的祖国。

难道你就忘记了，芦沟桥的烽火一起，我们挺身应战，是为了我们有十二万分胜算的把握吗？老实告诉你，除了存心利用抗战来趁火打劫的败类之外，我们老百姓果真是怕败的话，就早已都投汪精卫去了。我相信在自由中国，每一个良善的中国人，当初既是抱了拚命的决心，胜也要打，败也要打，今天还是抱定了这决心，胜也要打，败也要打，何况国际的客观环境已经好转，谁又是那样的傻子，情愿让它“功亏一篑”呢？所以你如果多多给我们报导些自身的缺点，那只会增加我们的戒惧心，刺激我们的努力。你以为我们真是那样“闻败则馁”的草包吗？你若那样想，便把我们看同汪精卫之流了，你晓得那是侮辱别人的人格吗？

闻败则馁的必也闻胜则骄，你既把我们当闻败则馁的人，那你泄露了（杜撰罢？）许多乐观的消息，难道又不怕我们骄起来吗？明知骄是抗战的鸩毒，而偏要用“愈战愈强”来灌溉我们的骄，那你又是何居心？依据你自己的逻辑，你这就是汉奸行为，因此你是出卖了你的祖国，你又晓得吗？

我们倒不怕承认自身的“弱”，愈知道自身弱在那里，愈好在各人自己的岗位上来尽力加强它。你说我们“愈强”，我倒要请你拿出事实来，好教我们更放心点。谁不愿意自己强呢！但信口开河是不负责任，存心欺骗更是无耻。六个字的标题，看来事小，它的意义却很重大。

用这字面的，本不只你一人，但是，先生，恕我这回拶住你了！你气得我一顿饭没吃好啊！然而如果在原则上你是受了谁的指示，那个指示你的人不也该是有名有姓的吗？如果他高兴，就请他出来说明也好。抗战是大家的抗战，国家是大家的国家，谁有权利来禁止我发问！

本篇原载于1944年7月《生活导报》①，期次不详。

---

①本篇现根据闻一多遗稿中保存的原刊剪报排印。

# 青　岛[1]

海船快到胶州湾时，远远望见一点青，在万顷的巨涛中浮沉；在右边崂山无数柱奇挺的怪峰，会使你忽然想起多少神仙的故事。进湾，先看见小青岛，就是先前浮沉在巨浪中的青点，离它几里远就是山东半岛最东的半岛——青岛。簇新的、整齐的楼屋，一座一座立在小小山坡上，笔直的柏油路伸展在两行梧桐树的中间，起伏在山冈上如一条蛇。谁信这个现成的海市蜃楼一百年前还是个荒岛？

当春天，街市上和山野间密集的树叶，遮蔽着岛上所有的住屋，向着大海碧绿的波浪，岛上起伏的青梢也是一片海浪，浪下有似海底下神人所住的仙宫。但是在榆树丛荫，还埋着十多年前德国人坚伟的炮台，深长的甬道里你还可以看见那些地下室，那些被毁的大炮机，和墙壁上血涂的手迹。——欧战时这儿剩有五百德国兵丁和日本争夺我们的小岛，德国人败了，日本的太阳旗曾经一时招展全市，但不久又归还了我们。在青岛，有的是一片绿林下的仙宫和海水泱泱的高歌，不许人想到地下还藏着十多间可怕的暗窟，如今全毁了。

堤岸上种植无数株梧桐，那儿可以坐憩，在晚上凭栏望见海湾里千万只帆

---

①本篇写作时间不详，现根据徐蔚南主编、1936年9月上海大众书局出版的《古今名文八百篇》第1册排印。

船的桅杆，远近一盏盏明灭的红绿灯飘在浮标上，那是海上的星辰。沿海岸处有许多伸长的山角，黄昏时潮水一卷一卷来，在沙滩上飞转，溅起白浪花，又退回去，不厌倦的呼啸。天空中海鸥逐向渔舟飞，有时间在海水中的大岩石上，听那巨浪撞击着岩石激起一两丈高的水花，那儿再有伸出海面的站桥，去站着望天上的云，海天的云彩永远是清澄无比的，夕阳快下来，西边浮起几道鲜丽耀眼的光，在别处你永远看不见的。

过清明节以后，从长期的海雾中带回了春色，公园里先是迎春花和连翘，成篱的雪柳，还有好像白亮灯的玉兰，软风一吹来就憩了。四月中旬，奇丽的日本樱花开得像天河，十里长的两行樱花，蜿蜒在山道上，你在树下走，一举首只见樱花绣成的云天。樱花落了，地下铺好一条花蹊。接着海棠花又点亮了，还有踯躅在山坡下的“山踯躅”，丁香，红端木，天天在染织这一大张地毡；往山后深林里走去，每天你会寻见一条新路，每一条小路中不知是谁创制的天地。

到夏季来，青岛几乎是天堂了。双驾马车载人到汇泉浴场去，男的女的中国人和十方的异客，戴了阔边大帽，海边沙滩上，人像小鱼一般，曝露在日光下，怀抱中是熏人的威风。沙滩边许多小小的木屋，屋外搭着伞篷，人全仰天躺在沙上，有的下海去游泳，踩水浪，孩子们光着身在海滨拾贝壳。街路上满是烂醉的外国水手，一路上胡唱。

但是等秋天吹起，满岛又回复了它的沉默，少有人行走，只在雾天里听见一种怪木牛的叫声，人说木牛躲在海角下，谁都不知道在那儿。

# 复古的空气

近来在思想和文学艺术诸方面，复古的空气颇为活跃，这是值得注意的一个现象。就一般民众讲，文化是有惰性的，而农业社会尤其如此。几千年积下来的习惯和观念，几乎成了第二天性，骤然改动，是不舒服的。其实就这群浑浑噩噩的大众说，他们始终是在“古”中没有动过，他们未曾维新，还谈得到什么复古！我们所谓复古空气，自然是专指知识和领导阶级说的。不过农民既几乎占我们人口百分之八十，少数的知识和领导阶级，不会不受他们的影响，所以谈到少数人的复古空气，首先不能不指出那作为他们的背景的大众。至于少数人之间所以发生这种空气，其原因与动机，可以分作四个类型来讲。

（一）一般说来，复古倾向是一种心理上的自卫机能。自从与外人接触，在物质生活方面，发现事事不如人，这种发现所给予民族精神生活的担负，实在太重了。少数先天脆弱的心灵确乎它压瘪了，压死了。多数人在这时，自卫机能便发生了作用。本来文学艺术以及哲学就有逃避现实的趋势，而中国的文学艺术和哲学尤其如此。

中国人现实方面的痛苦，这时正好利用它们来补偿。一想到至少在这些方面我们不弱于人，于是便有了安慰。说坏了，这是“鱼处于陆，相濡以湿，相嘘以沫”的自慰的办法。说好了，人就全靠这点不肯绝望的刚强性，才能够活下去，活着奋斗下去。这是紧急关头的一帖定心剂。虽不彻底，却也有些暂时的效用。代表这种心理的人，虽不太强，也不太弱，惟其自知是弱，所以要设法“自卫”，但也没有弱到连“自卫”的意志都没有，所以还算相当的强，平情而论，这一类型的复古倾向，是未可厚非的。

（二）另一类型是带有[1]报复意味的自尊心理，凡是与外人直接接触较多，自然也就饱尝屈辱经验的人，一方面因近代知识较丰富，而能虚心承认自己落后，另一方面，因为往往是社会各部门的领袖，所以有他们应有的骄傲和自尊心，然责任又教他们不能不忍重负辱，那种矛盾心理的压迫是够他们受的。压迫愈大，反抗也愈大。一旦机会来了，久经屈辱的自尊心是知道图报复的，于是紧跟着以抗战换来的民族荣誉和国家地位，便是甚嚣尘上的复古空气。前一类型的心理说我们也有不弱于人的地方，这一类型的简直说我们比他高。这些人本来是强者，自大是强者的本色，民族荣誉和国家地位也实在来得太突然，教人不能不迷惑。依强者们看来，一种自然的解释，是本来我们就不是不如人，荣誉和地位是我们应得的。诚然——但是那种趾高气扬的神情总嫌有些不够大方罢！

（三）第三个类型的复古，与其说是自尊，无宁说是自卑，不少的外国朋友捧起中国来，直使我们茫然。要晓得西洋的人本性是浪漫好奇的，甚至是怪僻的，不料真有人盲从别人来捧自己，因而也大干起复古的勾当来。实在是这种复古以媚外的心理，也并不少见。

（四）如果第三种人是完全没有自己，第四种人便是完全为自己打算的。有的是以复古来掩饰自己不懂近代知识，多半的老先生们属于这一类，虽则其中少年老成的分子也不在少数。有的正相反，又以复古来掩饰自己不大懂线装书的内容，暴发户的“二毛子”属于这一类，虽则只读洋装书的堂堂学者们也有时未能免俗。至于有人专门搬弄些“假古董”在国际市场上吸收外汇，因而为对外推销的广告用，不得不响应国内的复古运动，那就不好批评了。

复古的心理是分析不完的。大致说来，最显著的不外上述的四类型。其中有比较可取的，有居心完全不可问的。纯粹属于某一类型的大概很少，通常是几种揉合错综起来的一个复杂体。说复古空气是最近新兴的现象，也不合事实。趋势早已在酝酿，不过最近似乎更表面化了一点。为什么最近才表面化？当然与抗战有关。历史在转向，转向时的心理是不会有平静。转得愈急，波动愈大，所以在这抗战期间，一面近代化的呼声最高，一面复古的空气也最浓厚。

---

① “有”原作“于”，根据开明书店 1948 年出版的《闻一多全集》所改。

就一般的人说，心理的波动，不足怪，但少数的知识和领导分子，却应该早已认清历史，拿定主意，游移虽不致改变历史，但是会延缓历史的进展，须知我们的时间和精力都不容浪费。

我们的民族和文化所以能存在到今天，自然有其生存的道理在，这道理并不像你所想的，在能保存古的，而是正相反，在能吸收新的。历史告诉我们，中国文化并不是一个单纯的，一成不变的文化，（如果是那样的，它就早完了。）最初东西夷夏两民族，分明代表着两个不同的文化。

如果你站在东方，以夷（殷人及东夷）为本位，那便是夷吸收了夏；如果站在西方，以夏（夏、周）为本位，那便是夏吸收了夷。但是这两个文化早已融合到一种程度，使得我们分辨不出谁是主，谁是客来。在血缘上，楚与北文夷夏二族的关系，究竟如何，现在还不知道。无论如何，在文化上，直至战国，他们还是被视为外国人的。逐渐的这一支文化也被吸收了，到了汉朝，南北又成了一家，分不出主客来。究竟谁是我们的“古”？严格的讲，殷的后裔孔子若要复古，文武周公就得除外，屈原若要复古，就得否认《三百篇》。从西周到战国，无疑是我们文化史中最光荣的一段，但从没有听说那时的人站在民族的立场上讲复古的。即便依你的说法，先秦北方的夷夏和南方的楚，在民族上还是一家，文化也不过是大同小异，不能和今天的情形相比。那么，打汉末开始的一整部佛教史又怎样呢？宋明人要讲复古，会有他们那“儒表佛里”的理学吗？会有他们那《西厢》《水浒》吗？还有一部清代的朴学史，也能不承认是耶稣教士带来的西洋科学精神的赐予。以上都是极显而易见的历史事实，文化史上每放一次光，都是受了外来的刺激，而不是因为死抓着自己固有的东西。

不但中国如此，世界上多少文化都曾经因接触而交流，而放出异彩。凡是限于天然环境，不能与旁人接触，或有接触，而自己太傻太笨，不能，因此就不愿学习旁人的民族，没有不归于灭亡的。天然环境的限制，只要有决心，有勇气，还可以用人力来打开（例如我们的法显，玄奘，义净诸人的故事）。怕的是自己一味固执，不肯虚怀受善。其实那里是不肯，恐怕还是不能，不会罢！如果是这种情形，那就惨了。我深信我们今天的情形，不属于这一类，然而我仍然有点不放心。佛教思想与老庄本就有些相近，让我们接受佛教思想，比较容易。今天来的西洋思想确乎离我们太远，是不是有人因望而生畏，索性就提倡复古以资抵抗呢？幸而今天喜欢嚷嚷孔学，和哼哼歪诗的人，究竟不算太多，而青年人尤其少。

我得强调的声明，民族主义我们是要的，而且深信是我们复兴的根本。但民族主义不该是文化的闭关主义。我甚至相信正因我们要民族主义，才不应该复古。老实说，民族主义是西洋的产物，我们的所谓“古”里，并没有这东西。谈谈孔学，做做歪诗，结果只有把今天这点民族主义的萌芽整个毁掉完事。其实一个民族的“古”是在他们的血液里，像中国这样一个有悠久历史的民族，要取消它的“古”的成分，并不太容易。难的倒是怎样学习新的，因为我们在上文已经提过，文化是有惰性的，而愈老的文化，惰性也愈大。克服惰性是一件难事啊！

有人说，你太傻了，你忘了“儒表佛里”的理学家的道统是从文武周公算起的，而不从释迦牟尼算起，接受西洋科学精神的朴学，仍称为汉学，而不称西学。内容无妨接受人家，外表还得是自己的。这是面子问题，而面子也不能不顾。今天的复古，也可以作如是观。我但愿自己太傻，然而我又担心拥护复古的人们和我一样的傻。傻到真正言行一致。

本篇原载于1944年2月20日《云南日报》第2版“星期论文”栏。

# 可怕的冷静

一个从灾荒里长成的民族，挨着一切的苦难，总像挨着天灾一样，以麻木的坚忍承受打击，没有招架，没有愤怒，甚至没有呻吟，像冬眠的蛰虫一般，只在半死状态中静候着第二个春天的来临，——这样便是今天的中国，快挨过了第七个年头的国难，它还准备再挨下去，直到那一天，大概一觉醒来，自然会发现胜利就在眼前。客观上，战争与饥饿本也久已打成一片了，因此，愈是实质的战斗员，愈有挨饿的责任，不像人家最前线的人们吃得最好最饱，我们这里真正的饿莩恰恰就是真正的兵士。抗战与灾荒既已打成一片，抗战期中的现象，便更酷肖荒年的现象了。照例是灾情愈重，发财的愈多，结果贫穷的更加贫穷，富贵的更加富贵[①]。照例是灾情严重了，呼吁的声音海外比国内更响，于是救济的主要责任落在外人身上，而国内人士，相形之下，便愈能显出他们那“不动心”的沉着而雍容的风度了。现在一切荒年的社会现象在抗战中又重演一次，不过规模更大，严重性更深刻些罢了。但是说来奇怪，分明是痼疾愈深，危机愈大，社会表层偏要装出一副太平景象的面孔。配合着冠冕堂皇的要人谈话和报纸社评的，是一般社会情绪——今天一个画展，明天一个堂会，“顾左右

①这一句中的两个“贵”字原都写作“实”，根据开明书店1948年出版的《闻一多全集》修改。

而言他”的副刊和小报一天天充斥起来，内容一天比一天软性化。从抗战开始以来，没有见过今天这样“众人熙熙，如享太牢，如登春台”的景象，这不知道是肺结核患者脸上的红晕呢，还是将死前的回光返照！

一部分人为着旁人的剥削，在饥饿中畜生似的沉默着，另一部分人却在舒适中兴高采烈的粉饰着太平，这现象是叫人不能不寒心的，如果他还有一点同情心与正义感的话。然而不知道是为了谁的体面，你还不能声张。最可虑的是不通世故而血气方刚的青年，面对这种事实，又将作何感想？对了，怕动摇抗战，但饥饿能抗战吗？粉饰饥饿就是抗战吗？如果抗战是天经地义，不要忘记当年的青年，便是撑持这天经地义最有力的支柱，可见青年盲目而又不盲目，在平时他不免盲目，在非常时期他却永远是不盲目的。原来非常时期所需要的往往不是审慎，而是勇气，而在这上面，青年是比任何人都强的。正如当年激起抗战怒潮的是青年，今天将要完成抗战大业的力量，也正是这蕴藏在青年心灵中的烦躁。这不是浮动，而是活力的脉搏。民族必需生存，抗战必需胜利，在这最高原则之下，任何平时的轨范都是可以暂时搁置的枝节。火烧上了眉毛，就得抢救。这是一个非常时期！

如果老年人中年人能负起责任，那自然最好，但事实上，战争先天的是青年人的工作（它需要青年的体质和青年的热情），所以如果老年人中年人肯负起责任，也只是参加青年的工作，或与青年分工合作。而不是代替青年的工作。战争既先天的是青年的工作，那么战时的国家就得以青年的意志为意志，虽则在战争的技术上，老年人中年人的智慧也是不可少的。

从抗战开始到今天，我们遭遇过两个关键，当初要不要抗战，是第一个关键，今天要不要胜利，是第二个关键，而第一个关键本来早已决定了第二个，因为既打算抗战，当然要胜利。但事实上目前的一切分明是朝着胜利相反的方向发展，所以可怪的，是一部分人虽然看出方向的错误，却还要力持冷静，或从一些烦琐的立场，认为不便声张，不必声张。眼看青年完成抗战，争取胜利的意志必须贯彻，然而没有老年人中年人的智慧予以调节与指导，青年的力量不免浪费。万一还有人固执起来，利用他们的地位与力量，阻止了青年意志的贯彻，那结果便更不堪设想了。时机太危急了，这不是冷静的时候，希望老年人中年人的步调能与青年齐一，早点促成胜利的来临！大众的坚忍的沉默是可原谅的，因为他们是灾荒中生长的，而灾荒养成了他们的麻木，有着粉饰太平的职责的人们是可原谅的，因为他们也有理由麻木。可是负有领导青年责任的人们，如果过度的冷静，也是可怕的，当这不宜冷静的时候！

本篇原载于1944年6月25日《云南日报》第二版“星期论文”栏。

# 什么是儒家

——中国士大夫研究之一

“无论在任何国家，”伊里奇在他的《国家论》里说，“数千年间全人类社会的发展，把这发展的一般的合法则性，规则性，继起性，这样的指示给我们了：即是，最初是无数阶级社会——贵族不存在的太古的，家长制的，原始的社会；其次是以奴隶制为基础的社会，奴隶占有者的社会。奴隶占有者和奴隶是最初的阶级分裂。前一集体团不仅占有生产手段——土地，工具（虽然工具在那时是幼稚的），而且还占有了人类。这一集团称为奴隶占有者，而提供劳动于他人的那些劳苦的人们便称为奴隶。”中国社会自文明初发出曙光，即约当商盘庚时起，便进入了奴隶制度的阶段，这个制度渐次发展，在西周达到它的全盛期，到春秋中叶便成强弩之末了，所以我们可以概括的说，从盘庚到孔子，是我们历史上的奴隶社会期。但就在孔子面前，历史已经在剧烈的变革着，转向到另一个时代，孔子一派人大声疾呼，企图阻止这一变革，然而无效。历史仍旧进行着，直到秦汉统一，变革的过程完毕了，这才需要暂时休息一下。趁着这个当儿，孔子的后学们，以董仲舒以代表，便将孔子的理想，略加修正，居然给实现了。在长时期变革过程的疲惫后，这是一帖理想的安眠药，因为这安眠药的魔力，中国社会便一觉睡了两千年，直到孙中山先生才醒转一次。孔子的理想既是恢复奴隶社会的秩序，而董仲舒是将这理想略加修正后，正式实现了，那么，中国社会，从董仲舒在中山先生这段悠长的期间，便无妨称为一个变相的奴隶社会。

董仲舒的安眠药何以有这么大的魔力呢？要回答这个问题，还得从头说起。相传殷周的兴亡是仁暴之差的结果，这所谓仁与暴分明代表着两种不同的奴隶管理政策。大概殷人对于奴隶榨取过渡，以至奴隶们“离心离德”而造成“前途倒戈”的后果，反之，周人的榨取比较温和，所以能一方面赢得自己奴隶的“同心同德”，一方面又能给太公以施行“阴谋”的机会，教对方的奴隶叛变他们自己的主人。仁与暴是漂亮的名词，实际只是管理奴隶的方法有的高明点，有的笨点罢了。周人还有个高明的地方，那便是让胜国的贵族管理胜国的奴隶。《左传》定四年说“周公相王室，分鲁公以……殷民六族……使帅其宗氏，辑其分族，将其类丑，……使之职事于鲁，……分之土田陪敦（附庸，即仆庸），祝宗卜史，备物典策，官司彝器。……分康叔以……殷民七族。……”这些殷民六族与七族便是胜国投降的贵族，那些“备物典策，官司彝器”的“祝宗卜史”便是后来所谓“儒士”——寄食于贵族的智识分子。让贵族和智识分子分掌政教，共同管理自己的奴隶（附庸），这对奴隶们和奴隶占有者（周人）双方都有利的，因为以居间的方式他们可以缓和主奴间的矛盾，他们实在做了当时社会机构中的一种缓冲阶层。后来胜国贵族们渐趋没落，而儒士们因有特殊智识的技能，日渐发展成一种宗教文化的行帮企业，兼理着下级行政干部的事务，于是缓冲阶层便为儒士们所独占了。（当然也有一部分没落的胜国贵族，改业为儒，加入行帮的。）

明白了这种历史背景，我们就可以明白儒家的中心思想。因为儒家是一个居于矛盾的两极之间的缓冲阶层的后备军，所以他们最忌矛盾的统一，矛盾统一了，没有主奴之分，便没有缓冲阶层存在的余地。他们也不能偏袒某一方面，偏袒了一方，使一方太强，有压倒对方的能力，缓冲者也无事可做。所谓“君子和而不同”，便是要使上下在势均力敌的局面中和平相处，而切忌“同”于某一方面，以致动摇均势，因为动摇了均势，便动摇自己的地位啊！儒家之所以不能不讲中庸之道，正因他是站在中间的一种人。中庸之道，对上说，爱惜奴隶，便是爱惜自己的生产工具，也便是爱惜自己，所以是有利的；对下说，反正奴隶是做定了，苦也是吃定了，只要能吃少点苦就是幸福，所以也是有利的。然而中庸之道，最有利的，恐怕还是那站在中间，两边玩弄，两边镇押[①]，两边劝谕，做人又做鬼的人吧！孔子之所以宪章文武，尤其梦想周公，无非是初期统治阶级的奴隶管理政策，符合了缓冲阶层的利益，所谓道统者，还是有其社会经济意义的。

可是切莫误会，中庸绝不是公平。公平是从是非观点出发的，而中庸只是在利害上打算盘。主奴之间还讲什么是非呢？如果是要追究是非，势必牵涉到奴隶制度的本身，如果这制度本身发生了问题，那里还有什么缓冲阶层呢？显然的，是非问题是和儒家的社会地位根本相抵触的。他只能一面主张“成事不说，遂事不谏，既往不咎”，一面用正名（君君臣臣，父父子子）的理论，维持现有的秩序（既成事实），然后再苦口婆心的劝两面息事宁人，马马虎虎，得过且过。我疑心“中庸”之庸字也就是“附庸”之庸字，换言之“中庸”便是中层或中间之佣。自身既也是一种佣役（奴隶），天下那有奴隶支配主义的道理？所以缓冲阶层的真正任务，也不过是恳求主子刀下留情，劝令奴才忍重负辱，“执中无权，犹执一也”，天秤上的码子老是向重的一头移动着，其结果，“中庸”恰恰是“不中庸”。可不是吗？“爵禄可辞也，白刃可蹈也，中庸不可能也！”果然你辞了爵禄，蹈了白刃，那于主人更方便（因为把劝架的人解决了，奴才失去了掩蔽，主人可以更自由的下毒手），何况爵禄并不容易辞，白刃更不容易蹈呢？实际上缓冲阶层还是做了帮凶，“季氏富于周公，而求也为之聚敛而附益之，”冉求的作实在是缓冲阶层的唯一出路。孔子喝令“小子鸣鼓而攻之！”是冤枉了冉求，因为孔子自己也是“三月无君则皇皇如也”的，冉求又怎能饿着肚子不吃饭呢？

但是，有了一个建筑生产关系上的社会，季氏便必然要富于周公，冉求也必然要为之聚敛，这是历史发展的一定的法则。这法则的意义是什么呢？恰恰是奴隶社会的发展促成了奴隶社会的崩溃。缓冲阶层既依存于奴隶社会，那么冉求之辈的替主人聚敛，也就等于替缓冲阶层自掘坟墓。所以毕竟是孔子有远见，“留得青山在，不怕没柴烧”，冉求是自己给自己毁坏青山啊！然而即令是孔子的远见也没有挽回历史。这是命运的作剧吧[②]？做了缓冲阶层，其势不能不帮助上头聚敛，不聚敛，阶层的地位便无法保持，但是聚敛得来使整个奴隶社会的机构都要垮台，还谈得到什么缓冲阶层呢？所以孔子的呼吁如果有效，青山不过是晚坏一天，自己便多烧一天的柴。如果无效，青山便坏得更早点，自

---

①“押”现写作“压”。

②“剧”下一字不清，参酌文意补充。

己烧柴的日子也就更有限了，孔子的见地远是远点，但比起冉求，也不过是“以百步笑五十步”而已。结果，历史大概是沿着冉求的路线走的，连比较远见的路线都不曾蒙它采纳，于是春秋便以速度的发展转入了战国，儒家的理想，非等到董仲舒是不能死灰复燃的。

话又说回来了，儒家思想虽然必需等到另一时代，客观条件成熟，才能复活，但它本身也得有可能复活的主观条件，才能真正复活，否则便有千百个董仲舒，恐怕也是枉然。儒家思想，正如上文所说，是奴隶社会的产物，而它本身又是拥护奴隶社会的。我们都知道，奴隶社会是历史必须通过的阶段[①]（它本身是社会进步的果，也是促使社会进步的因）。既然必须通过，当然最好是能过得平稳点，舒服点。文武周公所安排的，孔子所表章[②]的奴隶社会，因为有了那缓和的榨取政策，和为执行这政策而设的缓冲阶层，它确乎是一比较舒服的社会，因为舒服，所以自从董仲舒把它恢复了，二千年的历史全在它的怀抱中睡着了。

诚然，董仲舒的儒家不是孔子的儒家，而董仲舒以后的儒家也不是董仲舒的儒家，但其为儒家则一，换言之，他们的中心思想是一贯的。二千年来士大夫没有不读儒家经典的，在思想上，他们多多少少都是儒家，因此，我们了解了儒家，便了解了中国士大夫的意识观念。如上文所说，儒家思想是奴隶社会的产物，然则中国士大夫的意识观念是什么，也就值得深长思之了！

本篇原载于1945年1月13日昆明《民主周刊》第1卷第5期。

① “段”原作“级”。
② “表章”同“表彰”。

# 五四运动的历史法则[①]

大家都知道，近百年来，中国社会是处于一种半封建半殖民地性的状态中。封建的主人地主官僚与殖民国的主人帝国主义，这两个势力之能够同时并存在于我们这里，已经说明了它们之间的一种奇异的关系，一种相反而又相成，相克而又相生的矛盾关系。在剥削人民的共同目的上，它们利害相同，所以能够互相结合，互相维护。同时分赃不匀又使它们利害冲突而不能不互相龃龉。然而它们却不能决裂。因为，他们知道，假如帝国主义独占了中国，任凭它的武器如何锋利，民族的仇恨会梗塞着它的喉头，使它不能下咽，假如封建势力垄断了中国，那又只有加深它自己的崩溃，以致在人民革命势力之前，加速它自己的灭亡。总之，被压迫被榨取的，究竟是“人”，而人是有反抗性的，反抗而团结起来，便是力量，不是民族的力量，便是民主的力量，这些对于帝国主义或封建势力，都是很讨厌的东西。于是他们想好分工合作，让地主官僚出面执行榨取的任务，以缓和民族仇恨。（这是帝国主义借刀杀人！）让帝国主义一手把着枪炮，一手提着钱袋，站在背后保镖，以软化民主势力。（这是地主官僚狗仗人势！）它们是聪明的，因为，虽然它们的欲壑都有着垄断性与排他性，它们却都愿意极力克制这些，彼此互相包容，互相照顾，互机妥协，而相安于一

①本篇原载于1945年5月10日昆明《民主周刊》第1卷第20期。

种近乎均势的状态中。果然，愈是这样，它们的寿命愈长，那就是说，惟其是半封建，半殖民地，中国人民的解放才愈难实现。

可是，帝国主义和封建势力的寿命偏是不能长，而中国人民毕竟非解放不可！基于资本主义国家间内的矛盾，帝国主义对中国的威力大大的受了制约，矛盾尖锐化到某种程度，使它们自相火拼起来，帝国主义就得暂时退出中国。帝国主义退出了中国，人民的对手便由两个变成一个，这便好办了！只要能让人民和封建势力以一比一的力量来决斗，最后胜利定属于人民。我说最后胜利，因为一上来，封建势力凭了它那优势的据点和优势的武器，确乎来势汹汹，几乎有全盘胜利的把握。但它究竟是过了时的乏货，内部的腐化将逼得它最后必需将据点放弃，武器交出，而归于失败。五四运动及前前后后，便是这个历史事实的具体说明。

一九一四年以前，活动于中国这个政治经济战场上的，是一种三角斗争，包括（一）各个字号的帝国主义，（二）以袁世凯为中心的封建残余势力，以及（三）代表人民力量的市民层民主革命的两股潜伏势力：（甲）国民党政治集团，（乙）北京大学文化集团。那时三个力量中，帝国主义势焰最大，封建势力仅次于帝国主义，政治上代表人民愿望的国民党，几乎是在苟延残喘的状态中保持着一线生机，至于作为后来文化革命据点的北京大学，在政治意义上，更是无足轻重。但等一九一四年，欧洲诸帝国主义国家内在的矛盾，尖锐化到不能不爆发为第一次世界大战，中国的情形便大变了。欧洲列强，不论是协约国或同盟国，为着忙于上前线进攻，或在后方防守，忽然都退出了中国。欧洲帝国主义退出了，中国社会的本质，便立时由半封建半殖民地，变为约当于百分之九十的封建，百分之十的殖民地（这百分之十的主人，不用说，就是日本）。于是袁世凯和他的集团忽然交了红运，可是袁世凯的红运实在短得可怜，而他的作孽，北洋军阀的红运也不太长。真正走红运的倒是人民，你不记得仅仅距袁氏称帝后四年，督军团解散国会和张勋复辟后二年，向封建势力突击的文化大进军，五四运动便出现了吗？从此中国土地上便不断的涌着波澜日益壮阔的民主怒潮，终于使国民革命军北伐成功，北洋军阀彻底崩溃。这时人民力量不但铲除了军阀，还给刚从欧洲抽身回来的帝国主义吃了不少眼前亏。请注意：帝国主义突然退出，封建势力马上抬头，跟着人民的力量就将它一把抓住，经过一番苦斗，终于将它打倒——这一历史公式，特别在今天，是值得我们深深玩味的！

谁说历史不会重演？虽然在细节上，今天的“五四”不同于二十六年前的

“五四”，可是在主要成分上，两个时代几乎完全是一样的。第二次世界大战爆发，欧洲帝国主义退出，于是中国半殖民地的色彩取消了，半封建便一变而为全封建，（请在复古空气和某种隆重礼物的进献中注意筹安会的鬼，还有这群鬼群后的袁世凯的鬼！）现在封建势力正在嚣张的时候，可是，人民也并没有闲着，代表人民愿望，发挥人民精神，唤醒人民力量的政治、文化种种集团也都不缺少，满天乌云，高耸的树梢上已在沙沙发响，近了，更近了，暴风雨已经来到，一场苦斗是不有避免的。至于最后的胜利，放心吧！有历史给你做保证。

历史重演，而又不完全重演。从二十六年前的“五四”到今天，恰是螺旋式的进展了一周。一切都进步了。今天帝国主义的退出，除了实际活动力量与机构的撤退，还有不平等条约的取消，中国人卖身契的撕毁。这回帝国主义的退出是正式的，至少在法律上，名义上是绝对的，中国第一次，坐上了“列强”的交椅。帝国主义进一步的撤退，是促使或放纵封建势力进一步的伸张的因素，所以随着帝国主义的进步，封建势力也进步了。战争本应使一个国家更加坚强，中国却愈战愈腐化，这是什么缘故？原来腐化便是封建势力的同义语，不是战争，而是封建余毒腐化了中国。今天政治经济，社会，文化的腐化方面，比二十六年前更变本加厉，是公认的事实。时髦的招牌和近代化的技术，并不能掩饰这些事实。反之，都是加深腐化的有力工具，和保育毒菌的理想温度。然而封建势力的进步，必然带来人民力量的进步，这可分四方面讲。（一）西南大后方市民阶层的民主运动。这无论在认识上，组织上或进行方法上，比起五四时都进步多了，详情此地不能讨论。（二）敌后的民主中国。这个民主的大本营，论成绩和实力，远非五四时代的广[①]东所能比拟，是人人都知道的。（三）封建势力内部的醒觉分子。这部分民主势力，现在还在潜伏期中，一旦爆发，它的作用必然很大。这是五四时代几乎完全没有过的一种势力，今天在昆明，它尤其被一般人所忽略。以上三种力量都是自觉的，另有一种不自觉的，但也许比前三者更强大的力量，那便是（四）大后方水深火热中的农民。虽然他们不懂什么是民主，但是谁逼得他们活不下去，他们是懂得的。五四时代，因帝国主义退出，中国民族工业得以暂时繁荣，一般说来，人民的生活是走上坡路的。今天的情形，不用说，和那里正相反。这情形是政治腐化的结果，而政治腐化的责任，正如上文所说，是不能推在抗战身上的。半个民主的中国不也在抗战吗？而且抗得

①此处原文模糊不清，疑为“广”。

更多，人民却不饿饭。（还不要忘记那本是中国最贫瘠的区域之一。）原来抗战中我们这大后方，是被人利用了，当作少数人吸血的工具利用了。黑幕已经开始揭露，血债早晚是要[①]还清的，到那时，你自会认识这股力量是如何的强大。

帝国主义的进步，封建势力的进步，结果都只为人民的进步造了机会，为人民的胜利造了机会。不管道路如何曲折，最后胜利永远是属于人民的，二十六年前如此，今天也如此。在“五四”的镜子里，我们看出了历史的法则。

1945年4月27日

本篇原载于1945年5月10日昆明《民主周刊》。

---

①原无“要”字，参酌文意补充。

# 谨防汉奸合法化

百年以来，中华民族的历史是一部不断的反帝国主义反封建的斗争史，八年抗战依然是这斗争的继续。由于帝国主义与封建势力永远是互相勾结，狼狈为奸的，所以两种斗争永远得双管齐下。虽则在一定的阶段中，形式上我们不能不在二者之中选出一个来作为主要的斗争的对象，但那并不是说，实质上我们可以放松其余那一个。而且斗争愈尖锐，他们二者团结得也愈紧，抓住了一个，其余一个就跑不掉，即令你要放走他，也不可能。这恰好就是目前的局势。对外民族抗战阶段中的敌伪，就是对内民主革命阶段中的帝（国主义）封（建势力），这是无须说明的，而目前的敌伪，早已在所谓“共荣圈”中，变成了一个浑一的共同体，更是鲜明的事实。现在日寇已经投降，惩治日寇战犯的办法，固然需待同盟国商讨，但惩治汉奸是我们自己的事，然而直到今天，我们还没有听见任何关于处理汉奸的办法。

当初我们那样迫切要求对日抗战，一半固然因为敌人欺我太甚，一半也是要逼着那些假中国人和抱着委曲勉强做中国人的中国人，索性都滚到他们主子那边去，让我们战线上黑白分明，便于应战，并且到时候，也好给他们一网打尽。果然抗战爆发，一天一天，汉奸集团愈汇愈大，于是一年一年，一个伪组织又一个伪织组，一批伪军又一批伪军。但是那时我们并不着急，我们只有高兴，因为，正如上面所说，这样在战术上是于我们绝对有利的。可是到了今天，八年浴血苦斗所争来的黑白，恐怕又要被搅成八年以前黑白不分的混沌状态了。这种现象是中国人民所不能忍受的。硬把汉奸合法化了，只是掩耳盗铃的笨拙的把戏，事实的真相，每个人民心头是雪亮的。并且按照逻辑的推论，人民也会想到：使汉奸合法化的，自己就是汉奸，而对于一切的汉奸，人民的决心是要一网打尽的。因此，我们又深信八年抗战既已使黑白分明，要再混淆它，已经是不可能的。谁要企图这样做，结果只是把自己混进“黑名单”里，自取灭亡之道！

本篇原载于1945年9月3日昆明《中央日报胜利日特刊》第3版。

# 兽·人·鬼

刽子手们这次杰作，我们不忍再描述了，其残酷的程度，我们无以名之，只好名之曰兽行，或超兽行。但既已认清了是兽行，似乎也就不必再用人类的道理和它费口舌了。甚至用人类的义愤和它生气，也是多余的。反正我们要记得，人兽是两立的，而我们也深信，最后用胜利必属于人！

胜利的道路自然是曲折的，不过有时也实在曲折得可笑。下面的寓言正代表着目前一部分人所走的道路。

村子附近发现了虎，孩子们凭着一股锐气，和虎搏斗了一场，结果遭牺牲了，于是成人们之间便发生了这样一串纷歧的议论：——立即发动全村的人手去打虎。

——立即发动全村的人手去打虎。

——在打虎的方法没有布置周密时，劝孩子们暂勿离村，以免受害。

——已经劝阻过了，他们不听，死了活该。

——咱们自己赶紧别提打虎了，免得鼓励了孩子们去冒险。

——虎在深山中，你不惹它，它怎么会惹你？

——是呀！虎本无罪，祸是喊打虎的人闯的。

——虎是越打越凶的，谁愿意打谁打好了，反正我是不去的。

议论发展下去是没完的，而且有的离奇到不可想像。当然这里只限于人——

善良的人的议论。至于那"为虎作伥"的鬼的想法，就不必去揣测了。但愿世上真没有鬼，然而我真担心，人既是这样的善良，万一有鬼，是多么容易受愚弄啊！

本篇原载于1945年12月9日《时代评论》第6期。

# 最后一次的讲演[①]

这几天，大家晓得，在昆明出现了历史上最卑劣、最无耻的事情！李先生究竟犯了什么罪？竟遭此毒手，他只不过用笔写写文章，用嘴说说话，而他所写的、所说的，都无非是一个没有失掉良心的中国人的话！大家都有一支笔，有一张嘴，有什么理由拿出来讲啊！有事实拿出来说啊！为什么要打要杀，而且又不敢光明正大的来打来杀，而偷偷摸摸的来暗杀！这成什么话？

今天，这里有没有特务？站出来，是好汉的站出来！你出来讲！凭什么要杀死李先生？杀死了人，又不敢承认，还要诬蔑人，说什么“桃色案件”，说什么共产党杀共产党，无耻啊！无耻啊！这是某集团的无耻，恰是李先生的光荣！李先生在昆明被暗杀，是李先生留给昆明的光荣！也是昆明人的光荣！

去年“一二·一”昆明青年学生为了反对内战，遭受屠杀，那算是年青一代，献出了他们的血，献出了他们最宝贵的生命！现在李先生为了争取民主和平，而遭受了反动派的暗杀，我们骄傲一点说，这算是像我这样大年纪的一代，我们的老战友，献出了最宝贵的生命。这两桩事发生在昆明，这算是昆明无限的光荣！

---

①最初发表在《民主周刊》时题为《闻一多同志不朽的遗言》，现在的标题是根据开明书店 1948 年出版的《闻一多全集》所改。

反动派暗杀李先生的消息传出后，大家听了都摇头，我心里想，这些无耻的东西，不知他们是怎么想法？他们的心理是什么状态？他们的心是怎样长的？其实很简单，他们这样疯狂的来制造恐怖，正是他们自己在慌啊！在害怕啊！所以他们制造恐怖，其实是他们自己在恐怖啊！特务们，你们想想，你们还有几天，你们完了，快完了！你们以为打伤几个，杀死几个，就可以了事，就可以把人民吓倒了吗？其实广大的人民是打不尽的，杀不完的，要是这样可以的话，世界上早没有人了。你们杀死了一个李公朴，会有千百万个李公朴站起来！你们将失去千百万的人民！你们看着我们人少，没有力量。告诉你们，我们的力量大的很！多得很！看今天来的这些人，都是我们的人，都是我们的力量！此外还有广大的市民！我们有这个信心：人民的力量是胜利的，真理是永远存在的，历史上没有一个反人民的势力不被人民毁灭的！希特勒、墨索里尼不都在人民之前倒下了吗？翻开历史看看，你们还站得住几天！你完了，快完了！我们的光明就要出现了。我们看，光明就在我们的眼前，而现在正是黎明之前那个最黑暗的时候。我们有力量打破这个黑暗，争到光明！我们的光明，就是反动派的末日！

反动派故意挑拨美苏的矛盾，想利用这矛盾来打内战。任你们怎么样挑拨，怎么样离间，美苏不一定打呀！现在四外长会议已经圆满闭幕了。这不是说美苏间已没有矛盾，但是可以让步，可以妥协。事情是曲折的，不是直线的。我们的新闻被封锁着，不知道美苏的开明舆论如何抬头，我们也看不见广大的美国人民的那种新的力量，在日益增长。但是，事实的反映，我们可以看出。

第一，现在司徒雷登出任美驻华大使，司徒雷登是中国人民的朋友，是教育家，他生长在中国，受的美国教育。他住在中国的时间比住在美国的时间长，他就如一个中国的留美生一样，从前在北平时，也常见面，他是一位和蔼可亲的老者①，是真正知道中国人民的要求的。这不是说司徒雷登有三头六臂，能替中国人民解决一切，而是说美国人民的舆论抬头，美国才有这转变。

其次，反动派干得太不像样了，在四外长会议上，才不要中国做二十一国和平会议的召集人，这就是做点颜色给你看看，这也说明美国的支持是有限度的，人民的忍耐和国际的忍耐也是有限度的。

---

①此处的“老”一写作“学”。见1946年7月28日重庆《新华日报》载《闻一多先生最后的一次讲演！》

李先生的血，不会白流的。李先生赔上了这条性命，我们要换来一个代价。“一二·一”四烈士倒下了，年青的战士们的血，换来了政治协商会议的召开，现在李先生倒下了，他的血要换取政协会议的重开！我们有这个信心！

“一二·一”是昆明的光荣，是云南人民的光荣，云南有光荣的历史，远的如护国，这不用说了，近的如“一二·一”，都是属于云南人民的，我们要发扬云南光荣的历史！

反动派挑拨离间，卑鄙无耻，你们看见联大走了，学生放暑假了，便以为我们没有力量了吗？特务们！你们错了！你们看看今天到会的一千多青年，又握起手来了，我们昆明的青年决不会让你们这样横干下去的！

历史赋予昆明的任务是争取民主和平，我们昆明的青年必须完成这任务！

我们不怕死，我们有牺牲的精神，我们随时像李先生一样，前脚跨出大门，后脚就不准备再跨进大门！

本篇原载于1946年8月2日《民主周刊》第3卷第19期。

# 恢复和平！

在一个颠倒错乱的畸形的社会之中，一切的事变，几乎都要用颠倒错乱的方法去应付；这样积久而铸成习惯，畸形的观念沉到人们的脑筋底下去着土生根了，他们便径直认权为经，安变如常了。这种现象是新旧过渡过程中的一个大礁石。溯其来因可分两端：

一、社会现状的反响“莫赤匪狐”，“莫黑匪乌”，“司空见惯”，印象深刻；于是见了公共机关，不问青红皂白，便一概地痛心疾首，如对蛇蝎一般。观察地对象，本没有丝毫变更，我们偏看出千形百态光怪陆离来了，其实都是我们的主观的幻象。在心理学里 illusion 的一种原因是 frequency。如今我们看着一切的公共机关都是一种黑幕的 illusion，便是从前看多了公共机关的黑幕的结果。

二、新思潮的遗毒几千年的缰锁，一朝打破；蠢动泛驾的原始的冲动，如同被压而未熄的薪火一般，忽遭新思想的干风一吹，不觉燎原大烧起来。可怜的时代的牺牲者，他们的神经竟被波尔希维克①的赤帜螫得发狂了。一个著名的美国画家讲：假若一个发怒的神灵要用一种特别地酷暴的刑具惩罚人类，再没有什么东西，比将全世界的绿色都变成赤色更可怕些的。在这样一个赤色的世界之中，人类不久定都变成疯子了。俄罗斯的赤色在中国的影响，大概同这差

①即布尔什维克。

不多。青年们竟以为解放便抹杀一切法律主权同习惯，以为社会的平等便包括知识的平等呢。这不是疯癫是什么？

若要挽回这种狂澜，没有别的方法，全在我们善于驱使理智节制感情。换言之，我们的头脑都太热了，若能少任血性，多用考虑，便不致有这种毛病。

出虎进狼，以暴易暴。好好一棵桔树，渡过淮水了，便度成枳树。其实这也不过是人类的长久的历史中一个片段里的现象。正如人生七八十年中一两天的疾病罢了。那里便可以判决凡是执事的都是奸恶，更那里可以迁怒嫁怨，囫囵地宣布一切行政机关的死刑呢？一方面我们既相信公共事业是要人做的，又相信公共事业是有人能做配做的，但是一方面又因一时的失望便要不分玉石捣乱一切。常照这样闹下去，只恐怕终久闹得天翻地覆才完事呢！

时局蜩螗，学生不得不抛了书本来倡一种运动；校事弛废，学生又不得不偷着间暇去倡一种运动。这并不是说学生总是当轴高明些，应该起而代庖。乃是外界既不幸有了这些麻烦生厌的畸形的状况，我们也只得耐着性儿破一个例，帮助大家把不正的扭正了，非常的复常了；为的是要这样，我们才好安心乐业做我们应做的事。所以我们没有恢复原状的机会则已，若有了，那肯不捉住这机会做去的呢！

况且我们是社会的一份子。社会的幸福建于秩序与和平的基础上。所以他的秩序将破则维持，既破则恢复才是我们的天职。爱和平重秩序，是我们中国民族的天性。我不愿我们青年一味地眩于西方文化的新奇，便将全身做了他的牺牲。

和平秩序之不见于清华久矣。如今他似乎又隐约地在我目前盘旋，我们千万要拉住了欢迎回来。所以我们的太烘热的脑筋要尽力地冷下来，我们要尽力地想象以置身于太平景象之中，用慈祥赤裸的心相待。我们要快把那不受缰锁的，安那其的（Anarchical），浮躁蠢野的“赤”气摆脱，三熏三沐降心屏息地整顿大局。万一不幸又有需要我们的时候，我们不妨再破一个例出来趋应责任的诏命。但是我们总要记着这是一个例外万不得已的事！在不需要这种举动时，最好不要枉费精神。

我们学校与当局[①]一向取对敌的态度，一言一动，辄藏机心。如今我们若以为这种态度是用不着的呢，便不妨抛掉了他。还是和衷共济赤诚相待的，舒服

① “我们学校与当局”，似乎应写作“我们与学校当局”。

得多，痛快得多。我们对于我们自主的机关学生会，一向都没有信用，没有敬心。我们知道要使清华振起一点新气象来，非借学生会为工具不可。假若我们认为他不满意，便急起用正大光明的方法图谋改良。假若看不出要改良的地方，便需信他，敬他，护他，爱他。不要随便便就大书特书地，说他庸懦，说他专横，侮辱他的人格。在法律中公共机关称为“法人”（Artificial person），寻常我们若随便出条骂人，别人骂必拉我们上斋务处去要我们赔偿名誉。须知学生会是个“法人”，他的名誉也是不好随意毁败的，他的人格也是不好随意侮辱的。

同学之间若得相亲相爱还是这样为好。我们常常猜疑某某为政客，某某为流氓，某某为军阀，其实都是我们主观的判断。我们若大家平心静气存点恕道，这些名词根本地都消灭了。其实我是一个人，比尔呢也是一个人，难道我们好别人就那样坏吗？中国人最讲究家族主义。我们若能将对待家人的一种和爱的心境来施及于学校，假定校中人个个都是我们的家人，那就好了。

如今校中各方面（学校与学生，学生与学生）的捣乱也捣够了。乱极思治，人同此心。大家何必不即早回头呢！诸君！我们的梦做得久了；黎明来了，我们醒罢！

本篇原载于1921年11月19日《清华周刊》第226期，署名一多。

# 人民的诗人——屈原

古今没有第二个诗人像屈原那样曾经被人民热爱的。我说“曾经”，因为今天过着端午节的中国人民，知道屈原这样一个人的实在太少，而知道《离骚》这篇文章的更有限。但这并不妨碍屈原是一个人民的诗人。我们也不否认端午这个节日，远在屈原出世以前，已经存在，而它变为屈原的纪念日，又远在屈原死去以后。也许正因如此，才足以证明屈原是一个真正的人民诗人。惟其端午是一个古老的节日，“和中国人民同样的古老”，足见它和中国人民的生活如何不可分离，惟其中国人民愿意把他们这样一个重要的节日转让给屈原，足见屈原的人格，在他们生活中，起着如何重大的作用。也惟其远在屈原死后，中国人民还要把他的名字，嵌进一个原来与他无关的节日里，才足见人民的生活里，是如何的不能缺少他。端午是一个人民的节日，屈原与端午的结合，便证明了过去屈原是与人民结合着的，也保证了未来屈原与人民还要永远结合着。

是什么使得屈原成为人民的屈原呢?

第一，说来奇怪，屈原是楚王的同姓，却不是一个贵族。战国是一个封建阶级大大混乱的时期，在这混乱中，屈原从封建贵族阶级，早被打落下来，变成一个作为宫廷弄臣的卑贱的伶官，所以，官爵尽管很高，生活尽管和王公们很贴近，他，屈原，依然和人民一样，是在王公们脚下被践踏着的一个。这样，首先在身分上，屈原是属于广大人民群众的。

第二，屈原最主要的作品——《离骚》的形式，是人民的艺术形式，“一篇题材和秦始皇命博士所唱的《仙真人诗》一样的歌舞剧”，虽则它可能是在宫廷中演出的。至于他的次要的作品——《九歌》，是民歌，那更是明显，而为历来多数的评论家所公认的。

第三，在内容上，《离骚》“怨恨怀王，讥刺椒兰”，无情地暴露了统治阶层的罪行，严正地宣判了他们的罪状，这对于当时那在水深火热中敢怒而不敢言的人民，是一个安慰，也是一个兴奋。用人民的形式，喊出了人民的愤怒，《离骚》的成功不仅是艺术的，而且是政治的，不，它的政治的成功，甚至超过了艺术的成功，因为人民是最富于正义感的。

但，第四，最使屈原成为人民热爱与崇敬的对象的，是他的“行义”，不是他的“文采”。如果对于当时那在暴风雨前窒息得奄奄待毙的楚国人民，屈原的《离骚》唤醒了他们的反抗情绪，那么，屈原的死，更把那反抗情绪提高到爆炸的边沿，只等秦国的大军一来，就用那溃退和叛变的方式，来向他们万恶的统治者，实行报复性的反击（楚亡于农民革命，不亡于秦兵，而楚国农民的革命性的优良传统，在此后陈胜吴广对秦政府的那一著上，表现得尤其清楚）。历史决定了暴风雨的时代必然要来到，屈原一再地给这时代执行了“催生”的任务，屈原的言，行，无一不是与人民相配合的，虽则也许是不自觉的。有人说他的死是“匹夫匹妇自经于沟壑”，对极了，匹夫匹妇的作风，不正是人民革命的方式吗？

以上各条件，若缺少了一件，便不能成为真正的人民诗人。尽管陶渊明歌颂过农村，农民不要他，李太白歌颂过酒肆，小市民不要他，因为他们既不属于人民，也不是为着人民的。杜甫是真心为着人民的，然而人民听不懂他的话。屈原虽没写人民的生活，诉人民的痛苦，然而实质的等于领导了一次人民革命，替人民报了一次仇。屈原是中国历史上唯一有充分条件称为人民诗人的人。

本篇发表于1945年6月《诗与散文》诗人节特刊。

# 组织民众与保卫大西南

民国三十三年昆明各界双十节纪念大会演讲词

诸位！我们抗战了七年多，到今天所得的是什么？眼看见盟国都在反攻，我们还在溃退，人家在收复失地，我们还在继续失地。虽然如此，我们还不警惕，还不悔过，反而涎着脸皮跟盟友说："谁叫你们早不帮我们，弄到今天这地步！"那意思仿佛是说："现在是轮着你要胜利了，我偏败给你瞧瞧！"这种无赖的流氓意识的表现，究竟是给谁开玩笑！溃退和失地是真不能避免的吗？不是有几十万吃得顶饱，斗志顶旺的大军，被另外几十万喂得也顶好，装备得顶精的大军监视着吗？这监视和被监视的力量，为什么让他们冻结在那里？不拿来保卫国土，抵抗敌人？原来打了七年仗，牺牲了几千万人民的生命，数万万人民的财产，只是陪着你们少数人闹意气的？又是给谁开的玩笑！几个月的工夫，郑州失了，洛阳失了，长沙失了，衡阳失了，现在桂林又危在旦夕，柳州也将不保，整个抗战最后的根据地——大西南受着威胁，如今谁又能保证敌人早晚不进攻贵阳，昆明，甚至重庆？到那时，我们的军队怎样？还是监视的监视，被监视的被监视吗？到那时我们的人民又将怎样，准备乖乖的当顺民吗？还是撒开腿逃？逃又逃到那里去？逃出去了又怎么办？诸位啊！想想，这都是你们自己的事啊！国家是人人自己的国家，身家性命是人人自己的身家性命，自己的事为甚么要让旁人摆布，自己还装聋作哑！谁敢掐住你们的脖子！谁有资格不许你们讲话！用人民的血汗养的军队，为什么不拿出来为人民抵抗敌人？以人民的子弟组成的队伍，为什么不放他们来保卫人民自己的家乡？我们要抗议！我们要叫喊！我们要愤怒！我们的第一个呼声是：拿出国家的实力来保卫大西南，这抗战的最后根据地的大西南！

但是，今天站在人民的立场，我们一方面固然应当向政府及全国呼吁，另一方面我们也得认清我们人民自身的责任与力量。对于保卫大西南，老实说，政府的决心是一回事，他的能力又是一回事，郑州洛阳长沙衡阳的往事太叫我们痛心了，保卫国土最后的力量恐怕还在我们人民自己的身上。一切都有靠不住的时候，最可靠的还是我们人民自己。而我们自己的力量，你晓得吗？如果善于发挥，善于利用，是不可想象的强大呀！今天每一个中国人，以他人民的身分，对于他自己所在的一块国土，都应尽其保卫的责任，也尽有保卫的方法。我们这些在昆明的人无论本省的或外来的，对于我们此刻所在的这块国土——昆明市，在万一他遭受进攻时，自然也应善用我们自己的方法来尽我们自己的责任。诸位，昆明在抗战中的重要性，不用我讲，保卫昆明即所以保卫云南，保卫云南即所以保卫大西南，保卫大西南即所以保卫中国，不是吗？

在今天的局势下，关于昆明的前途，大概有三种看法，每种看法代表一种可能性。第一种是敌人不来，第二种是来了被我们打退，第三种是不幸我们败了，退出昆明。第一种，客观上即会有多少可能性，我们也不应该作那打算，果然那样，老实说，那你就太没有出息了！我们应该用奋发的心情准备迎接敌人的进攻，并且立志把他打退，万一不能，也要逼他付出相当代价，再作有计划的，有秩序的荣誉的退却。然后走到敌后，展开游击战争，给敌人以经常的扰乱与破坏，一方面发动并组织民众，使他成为坚强的自卫力量，以便配合着游击军。等盟国发动反攻时，我们便以地下军的姿态，卷土重来，协同他们作战以至赶走敌人，完成我们的最后胜利。我们得准备前面所说的第二种，甚至干脆的就是第三种可能的局面，我们得准备迎接一个最黑暗的时期，然后从黑暗中，用我们自发的力量创造出光明来！这是一个梦，一个美梦。可是你如果不愿意实现这个梦，另外一个梦便在等着你，那是一个恶梦。恶梦中有两条路，一条是留在这里当顺民，准备受无穷的耻辱。一条是逃，但在还没有逃出昆明城郊时，就被水泄不通的混乱的人群车马群挤死，踏死，辗死，即使逃出了城郊，恐怕走不到十里二十里就被盗匪戳死，打死，要不然十天半月内也要在途中病死饿死。……

衡阳和桂林撤退的惨痛故事，我们听够了，但昆明如有撤退的一天，那惨痛的程度，不知道还要几十倍几百倍于衡阳桂林！诸位，你能担保那惨痛的命运不落到你自己头上来吗？恶梦中的两条路，一条是苟全性命来当顺民，那样可以说是一种“不自由的生”，另一条是因不当顺民就当难民，那样又可说是一种“自由的死”。但是，诸位试想为什么必得是：要不死便得不自由，要自由就得死？自由和生难道是宿命的仇敌吗？为什么我们不能有“自由的生”！是呀！到“自由的生”的路就是我方才讲的那个美梦啊！敌人可能给我们选择的是不自由和死，假如我们偏要自由和生，我们便得到了自由的生，这便叫作“置之死地而后生”。

诸位，记住我们人民始终是要抗战到底的，万一敌人进攻，万一少数人为争夺权利闹意气而不肯把实力拿出来抵抗敌人，我们也有我们的办法。不要害怕，不管人家怎样，我们人民自始至终是有决心的，而有决心自然会有办法的。还要记住昆明在国际间“民主堡垒”的美誉，我们从今更要努力发扬民主自由的精神。那一天我们的美梦完成了，我们从黑暗中造出光明来了，到那时中国才真不愧四强之一。强在那里？强在我们人民，强在我们人民呀！今天政府不给人民自由，是他不要人民，等到那一天，我们人民能以自力更生的方式强起来了，他自然会要我们的。那时我们可以骄傲的对他说：“我们可以不靠你，你是要靠我们的呀！”那便是真正的民主！我们今天要争民主，我们便当赶紧组织起来，按照实现那个美梦的目标组织起来，因为这组织工作的本身便是民主，有了这个基础，我们便更有资格，更有力量来争取更普遍的，完整的和永久的民主政治。

本篇原载于1944年10月22日昆明《真报·评论周刊》第16期。[①]

①本书选自根据开明书店1948年版《闻一多全集》中的版本，部分文字与《真报》略有出入，被删的文字已补入。